Aspects of the Novel

小说面面观

〔英〕E.M.福斯特 著
刘勇军 译

江苏凤凰文艺出版社
JIANGSU PHOENIX LITERATURE AND ART PUBLISHING

图书在版编目（CIP）数据

小说面面观 /（英）E.M. 福斯特 (E. M. Forster) 著；刘勇军译 . -- 南京：江苏凤凰文艺出版社，2023.8

ISBN 978-7-5594-7727-9

Ⅰ . ①小… Ⅱ . ① E… ②刘… Ⅲ . ①小说评论 – 世界 Ⅳ . ① I106.4

中国国家版本馆 CIP 数据核字 (2023) 第 095044 号

小说面面观

（英）E.M. 福斯特　著　刘勇军　译

出　　品　橘子洲文化
监　　制　王　瑜
责任编辑　白　涵
策划编辑　王云婷
封面设计　小贾设计
版式设计　段文婷
营销编辑　杨　迎　刘　洋　史志云
出版发行　江苏凤凰文艺出版社
　　　　　南京市中央路 165 号，邮编：210009
网　　址　http://www.jswenyi.com
印　　刷　北京中科印刷有限公司
开　　本　710mm × 1000mm 1/32
印　　张　8
字　　数　102 千字
版　　次　2023 年 8 月第 1 版
印　　次　2023 年 8 月第 1 次印刷
书　　号　ISBN 978-7-5594-7727-9
定　　价　55.00 元

CONTENTS

目录

前记

本书是我于1927年春在剑桥三一学院主持下举办的一系列讲座的合集（克拉克讲座），语气并不正式，甚至可以说比较口语化。现在将讲座内容完整地收录到本书之中，不做删减，这样更为妥当，否则本书便剩不下什么内容了。因此，诸如“我”“你”“一个人”“我们”“有意思的是”“这么说吧”“可以想象一下”和“当然”等词会频繁出现，挑剔的读者难免深受其扰。但我必须向这类读者说明，如果删除这些词语，那么一些重要信息也将被删减。此外，由于小说本就偏口语化，所以也许它对庄严肃穆的批评洪流会有所保留，但对浅湾反而会和盘托出。

一、导言

本讲座是以三一学院研究员威廉·乔治·克拉克的名义举办的。正是由于他，今天我们才能在此齐聚一堂，因而今天演讲的主题也通过他来引入。

没记错的话，克拉克是约克郡人。他生于1821年，就读于塞德伯和什鲁斯伯里学校①，后

① 塞德伯中学始建于1525年，是英国著名的私立贵族学校；什鲁斯伯里学校，也称舒兹伯利公学，创建于1552年，是英格兰古老的男子寄宿学校。（本书注释未特殊说明均为译注）

于1840年进入三一学院深造，四年后成为研究员，而后三十年一直住在学院中，直至身体状况恶化，去世前不久才离开学院。他是蜚声文坛的莎士比亚学者，不过也出版过两本与莎士比亚无关的书籍，接下来我们会提到。他年轻时曾游历西班牙，写了一本引人入胜的游记，题目是《西班牙冻汤》，这是一种在西班牙南部安达卢西亚地区颇受村民欢迎的冷汤小吃[①]，想必他十分喜欢。事实上，他好像对任何事物都很喜欢。八年后，他去了希腊，归来后，把度假心得总结为《伯罗奔尼撒半岛》一书。这部作品相对有些严肃沉闷。毕竟当年，希腊本就非常严肃，比西班牙严肃得多，况且当时克拉克不仅已经宣誓接受圣职，还是学院的公开发言人。最关键的是，他是与学院院长汤普森博士同游的，这位院长可不是会对冷汤感兴趣的性格。所以，对鸡毛小事的调侃戏谑少了，更多的则是对古代历史遗物和战

① 西班牙冻汤源于西班牙南部的安达卢西亚，是炎热地区夏天常见的凉菜，呈液体状，故称为汤。

场遗址的记录。除了学识，我们最能从书中感受到的就是克拉克对希腊乡村的深情厚谊。克拉克也曾游历过意大利和波兰。

我们再来聊聊他的学术生涯。那套了不起的《剑桥莎士比亚精选》就是由他牵头策划的，他先找了格洛弗合作，后来换成阿尔迪斯·赖特（两位均为三一学院的图书馆管理员），并且在阿尔迪斯·赖特的协助下，还出版了那套风靡一时的《环球莎士比亚》。他还为出版《阿里斯托芬》的一个版本收集了大量资料。同时，他也出版过几本布道集，不过他在1869年放弃了圣职，如此一来，我们的讲座也就不必太过正经了。与好友传记作家莱斯利·斯蒂芬[1]、亨利·西奇威克[2]和其他同辈人一样，他也觉得自己无法继续留在教会，个中缘由他在一本叫作《英国教会现阶段之危机》的小册子中做了详细解释。他自然

① 莱斯利·斯蒂芬（Leslie Stephen，1832—1904）：英国哲学家、文学家、文艺批评家。

② 亨利·西奇威克（Henry Sidgwick，1838—1900）：英国哲学家、伦理学家和经济学家，19世纪末期的功利主义代表人物。

也辞去了学院发言人一职，不过还是留任学院的导师。他终年五十七岁，所有认识他的人都认为他是一位和蔼可亲、学识渊博、诚实守信的君子。想必各位已经意识到，他就是“剑桥精神”的最好代表。也许他代表不了整个世界，甚至不能代表牛津，但唯独最能体现剑桥一间间教室所代表的精神，而这种特质，即诚实正直的精神，也许只有等诸位真正走上他走过的路，才最能体会。遵照他的遗嘱，学院将举办一系列每年一度的讲座，讨论主题为“乔叟以后的英国文学某个或某些时期”，因此我们今天才聚首于此。

虽然祈祷已经过时了，不过出于两个原因，我还是要做一次小小的祈祷。首先，希望在这次讲座中，克拉克的诚实正直能够与我们同在。其次，希望他不介意我在有些地方不曾字字斟酌，因为我并未完全遵守讲座设置的前提——英国文学某个或某些时期。虽然这个前提已经足够宽泛自由，不过和讲座的话题还是有些出入，在开篇导言中，我将花一点时间讲讲其中缘由。我要提出的论点可能有些琐碎，却可以把我们带到一个有利的高点，方便我们下周展开更有针对性的讨论。

我们之所以需要一个有利的高点，是因为小说过于庞杂，又没有固定的结构，没有上山路可言，没有帕纳塞斯山或赫利孔山，甚至没有毗斯迦山。[①]小说是文学领土内最潮湿的区域，受到无数溪流灌溉，偶尔甚至会水淹成灾。诗人鄙视小说也无可厚非，不过有时候他们自己也会身处其中。历史家有时候也会发现自己和小说扯上了关系，因此愤懑不已，这也不足为奇。也许在讲座开始前，我们得给小说下个定义。这事想必十分简单。阿贝尔·舍瓦莱在他那本册子[②]中就

---

① 帕纳塞斯山（Parnassus）：位于希腊中部，古时被认为是太阳神和文艺女神们的灵地。赫利孔山（Helicon）：位于希腊中部，古希腊神话中是阿波罗和文艺女神缪斯的圣山。毗斯迦山（Pisgah）：位于约旦河东，《圣经》中说摩西从此山眺望上帝赐给亚伯拉罕的迦南地。

② 阿贝尔·舍瓦莱（Abel Chevalley），《当代英国小说》（*Le Roman Anglais de Notre Temps*），纽约，牛津大学出版社。——原注

给小说下过定义，要知道，如果连法国评论家都不配定义英国小说，那谁还有这个资格？他说，小说乃“有一定长度的虚构散文”。这个定义对我们来说已经够用了，最多给它加个限定，“一定长度”应该不少于五万字。也就是说，只要是虚构的散文作品，并超过五万字，那在本次讲座中都会被视为小说。要是你觉得这个定义不够精确，那你可以另想一个定义，从而把《天路历程》①《享乐主义者马里乌斯》②《幼子历险记》③《魔笛》④《瘟疫年纪事》⑤《朱莱卡·多

---

① 《天路历程》（*The Pilgrim's Progress*）：英国约翰·班扬（John Bunyan，1628—1688）创作的长篇小说。

② 《享乐主义者马里乌斯》（*Marius the Epicurean*）：英国作家沃尔特·佩特（Walter Pater，1839—1894）创作的一部注重内在冒险历程的哲理小说。

③ 《幼子历险记》（*The Adventures of a Younger Son*）：爱德华·特劳利（Edward Trelawny，1792—1881）创作的一部半自传性小说。

④ 《魔笛》（*The Magic Flute*）：英国学者戈兹沃西·洛斯·狄金森（Goldsworthy Lowes Dickinson，1862—1932）创作的幻想小说。

⑤ 《瘟疫年纪事》（*The Journal of the Plague*）：英国作家丹尼尔·笛福（Daniel Defoe，1660—1731）创作的小说，描述了1665年大瘟疫袭击下的伦敦城。

布森》[1]《拉塞拉斯》[2]《尤利西斯》[3]和《绿厦》[4]囊括进去吗？如果想不出来，可以给出其中某几本不属于小说的原因吗？在小说这片包容性极强的土地上，的确有的区域虚构性更强些，比如在中心附近，奥斯汀[5]小姐站在一片绿茵上，身边站着她塑造的角色爱玛，萨克雷则扶着埃斯蒙德[6]。但据我所知，还没有任何睿智定论

---

① 《朱莱卡·多布森》：全名为《朱莱卡·多布森：牛津情事》（*Zuleika Dobson, or An Oxford Love Story*），是英国作家马克斯·比尔博姆（Max Beerbohm，1872—1956）以爱德华时代的牛津大学为灵感所创作的一部幻想作品。

② 《拉塞拉斯》（*Rasselas*）：英国著名诗人、散文学家、批评家和词典编撰家塞缪尔·约翰逊（Samuel Johnson，1709—1784）所著的一部哲理小说。

③ 《尤利西斯》（*Ulysses*）：爱尔兰作家詹姆斯·乔伊斯（James Joyce，1882—1941）创作的长篇小说。

④ 《绿厦》（*Green Mansions*）：英国作家威廉·亨利·赫德森（William Henry Hudson，1841—1922）所著的一部浪漫小说。

⑤ 即简·奥斯汀（Jane Austen，1775—1817），英国女作家，代表作《傲慢与偏见》（*Pride and Prejudice*）、《理智与情感》（*Sense and Sensibility*）、《爱玛》（*Emma*）、《曼斯菲尔德庄园》（*Mansfield Park*）等。

⑥ 19世纪英国批判现实主义作家萨克雷（威廉·梅克比斯·萨克雷，William Makepeace Thackeray，1811—1863）的作品《亨利·埃斯蒙德的历史》（*The History of Henry Esmond*）中的主角。

能够完整概括整片土地。最多只能说，小说这片土地两侧排列着两列并不陡峭的山脉，遥遥相对的分别是诗歌和历史，而第三块边界则与海洋相邻，在拜读梅尔维尔的《白鲸》[①]时，我们将会邂逅大海。

我们先来聊聊什么是“英国文学”。这自然指的是用英语写成的作品，而不一定非得是出版于特维德河[②]以南、大西洋以东或是赤道以北的作品，地理差异不在我们的讨论范围中，自有政治家去操心。然而，在这一前提下，我们就能毫无顾忌地自由讨论了吗？就可以只讨论英国小说，而忽视其他语言写成的小说，尤其法国和俄国小说吗？就影响力而言，的确可

---

① 《白鲸》（*Moby Dick*）：美国小说家赫尔曼·梅尔维尔（Herman Melville，1819—1891）于1851年发表的一篇海洋题材的长篇小说，描写了亚哈船长为了追逐并杀死白鲸莫比·迪克，最终与其同归于尽的故事。

② 特维德河（Tweed）：苏格兰东南部和英格兰东北部河流，源于特维德韦尔斯西南的边境地区，大致向东流，形成英格兰与苏格兰的界河，在贝里克附近注入北海，全长155千米。

以把它们抛在脑后，毕竟我们的作家并未受过欧陆文学的太大影响。不过，我在这一系列讲座中，会尽量少谈影响力，之后会解释其中的原因。我的主题是用英语写成的某种类型的书籍，以及关于这类书的各个方面。那么我们可以完全忽略欧陆文学中涉及这类书的方面吗？不见得。在这里，我们不得不面对一个令人不快且有悖爱国情怀的事实：英国没有像托尔斯泰那么伟大的小说家。也就是说，没有一个英国小说家曾像托尔斯泰一样完整地描绘出一个人的一生，无论是鸡毛蒜皮的小事，还是令人热血澎湃的大事；也没有一个英国小说家能够像陀思妥耶夫斯基一样深挖人类灵魂，并且纵观全球，没有任何一个小说家能够像马塞尔·普鲁斯特①一样成功地剖析现代意识。我们不得不在这些丰功伟绩前低头。无论质量还是

① 马塞尔·普鲁斯特（Marcel Proust，1871—1922）：法国小说家，意识流文学的大师，代表作《追忆逝水年华》（*A la recherche du temps perdu*）。

数量，英国诗歌自是鲜有敌手，但英国小说就稍显落后了。最优秀的小说并不出自英国，要是我们否认这一点，就显得胸襟狭隘了。

当然，对于作家，胸襟狭隘些也无伤大雅，甚至有时这能成为他们的力量源泉：指责笛福口音重或是托马斯·哈代[1]太土气的不是自大鬼，就是真傻子。不过在评论领域，胸襟狭隘就是严重的缺点了。文学批评最忌眼光狭隘，对于创造性艺术家来说，虽然这是他们的特权，但是没有开阔的眼界是万万做不成文学评论家的。作为一种创造性艺术，小说可以行使特权，评论则享受不到这种权利，这就导致英国小说中有太多平平无奇的小屋被说成高耸入云的大厦，这反而给小说造成了伤害。我们

① 托马斯·哈代（Thomas Hardy，1840—1928）：英国诗人、小说家，代表作有《还乡》（*The Return of the Native*）、《德伯家的苔丝》（*Tess of the D'Urbervilles*）等。

随机选取四部小说为例：《克兰福德》[①]《中洛辛郡的心脏》[②]《简·爱》[③]和《理查德·费沃里尔》[④]。不管是出于个人喜爱，还是击中了乡土情怀，我们或多或少都和这四本书有所联系。《克兰福德》散发着英国内陆城市的幽默感，《中洛辛郡的心脏》则细致描绘了爱丁堡，《简·爱》写的是一位优秀但仍有待成长的女性的激情梦想，《理查德·费沃里尔》既富有乡村抒情的气息，又不失时髦。不过这四本书都只是小屋，而非大厦，站在《战争与和平》和《卡拉马佐夫兄弟》的宏伟廊柱间，我

---

① 《克兰福德》（*Cranford*）：作者是英国作家伊丽莎白·盖斯凯尔（Elizabeth Gaskell，1810—1865），描写了英格兰西北部一个普通城镇的生活。

② 《中洛辛郡的心脏》（*The Heart of Midlothian*）：作者是英国著名历史小说家沃尔特·司各特（Walter Scott，1771—1832），是一部描写苏格兰历史的长篇小说。

③ 《简·爱》（*Jane Eyre*）：英国女作家夏洛蒂·勃朗特（Charlotte Bronte，1816—1855）创作的长篇小说。

④ 《理查德·费沃里尔》（*Richard Feverel*）：英国作家乔治·梅雷迪思（George Meredith，1828—1909）创作的长篇小说。

们必须正视并尊重这四本书的地位。

我在讲座中不会经常提及外国小说，更不会装作很了解外国小说，只是因为规矩限制，才闭口不谈。但在我们开始之前，我的确想要强调一下外国小说的伟大，相当于给我们的主题定一个广泛的基调，这样当我们最后回顾之时，才能看清英国小说的真实面目。

关于“英国”的限定条件就说这些。接下来，我要聊聊更加重要的定义，那就是“某个或某些时期”。这种以时间来衡量一个发展阶段的观念，以及随之而来的对影响和流派的强调，正是我希望在这次简短的总体研究中所避免的，我相信《西班牙冻汤》的作者对此并不会有所介怀。一直以来，时间都是我们的敌人。我们并非将英国小说家们置于时间长河中观察，一不小心，他们就会随波逐流，不知所终。而是邀请他们来到一个圆形的房间里团团围坐，同时进行小说的创作。这样，他们写作的时候就不会想：我生活在维多利亚女王治下，我的女王是安妮，我践行特罗洛普[1]的传统，我反对赫胥黎。他们只能清晰地感受到自己手中的笔。他们处于半痴狂的状态，心中的悲伤和欢乐在笔尖迸发而出，他们同处于创造性活动之下，而当奥利弗·埃尔顿教授说“1847年后，小说的激情将不复存在”时，他们不会明白他的言下之意。我们将以这种方式观察他们，虽然有缺陷，但至少在我们的掌控之内，不至于让我们陷入伪学术的危机。

真正的学问称得上是人类所能获得的最高功绩之一。如果一个人能够选择一门有价值的学科，并掌握其中所有真相，同时能掌握相关学科的主要真相，那么此人一定算得上功成名就了。到了这个层次，他已经能做到随心所欲了。如果他研究的是小说，那么他完全可以按照编年顺序谈论小说，因为他已经读过过去四个世纪所有重要的小说，以及大部分不那么重要的作品，对于英国小说的一些间接相关的知

---

① 即安东尼·特罗洛普（Anthony Trollope，1815—1882），英国作家。

识也了如指掌。已故的沃尔特·罗莱[1]爵士（也曾主持过这一讲座）就是这样一位学者。罗莱爵士学识渊博，因而能够产生影响，他关于英国小说的专著采取的是分时期论述的方法，是功力尚浅的后辈学不来的。学者如同哲学家，也可以细细端详时间长河。学者并非将时间长河视为整体，而是能够抓住流过他身边的事实、个性，进而分析两者之间的关系，如果我们能够意识到他结论的宝贵之处，全人类早就得到教化了。我们也知道，他自然是没能成功的。真正的学术尽在不言中，真正的学者如同凤毛麟角。今天的听众中也有学者，有的名副其实，有的有此潜力，但数量寥寥无几，至少讲台上这位肯定不是。我们大多数人都是伪学者，我也会用同情和尊敬之心对待我们的特点，毕竟我们这个群体人数众多、影响深远，在教会和国家都身居高位，我们把控着帝国的

① 沃尔特·罗莱（Walter Raleigh，1861—1922）：英国批评家、随笔作家，也是一名探险家、政治家、诗人。

教育事业，新闻界唯我们马首是瞻，上流宴会也奉我们为座上宾。

往好的方面说，伪学术是无知者求学时必须摆出的顺从姿态。伪学术也有经济层面的意义，不过对此我们不必太过苛求。我们大多数人都要在三十而立之前找份工作，否则就得靠亲友接济，而很多工作想要上岗，都得通过考试。伪学者考试通常都是一把好手（真学者则不然），就算他考不上，也会真心认可考试的权威性。考试是通往金饭碗的大门，它掌握着生杀大权。也许一篇关于《李尔王》的论文能让你功成名就，进入地方政府体制内就职，但一部同名的戏剧则指望不上了。一个人肯定不会对自己坦白：“我学知识就是为了讨口饭吃。”他身上承担的经济压力更多是潜意识的，尔后他进入考场，不过是觉得写一篇《李尔王》的论文虽然是件痛苦难熬的事情，但能够带来的结果却是看得见、摸得着的。不管他是愤世嫉俗，还是天真无知，我们都不能责怪他。既然学识和钱财挂上了钩，只要岗位依然需要考试来争取，我们就不能不把考试体系当回事。但如果我们找到了另一条求职寻工的阶梯，那么现在所谓的教育大部分都会消失殆尽，却不会有人因此变得愚蠢。

可要是他去从事文学评论，也就是我们眼下说的这种工作，那他将贻害颇深，因为他揽的是真学者才能做的瓷器活儿，却没有真学者的金刚钻。他的第一条罪状是，还没读书或是还没把书读懂，就把书分门别类。有的是按年代顺序分类，1847年之前的、之后的，1848年之前的、之后的。安妮女王时代写出的小说、前小说[①]、原始小说[②]、未来小说。有的则按主题分类，这更加愚蠢。自《汤姆·琼斯》开始的“法庭派文学”、从《雪莉》开始的“妇女运动文学”，而《鲁滨逊漂流记》和《蓝色

---

① 指出版于小说家塞缪尔·理查逊（Samuel Richardson，1689—1761）之前的小说，他的《帕米拉》被称为英国第一部小说。

② 指小说未出现前，民间口头流传的故事、寓言、传说等。

珊瑚岛》都属于“荒岛文学”，最讨人嫌的当属“流浪汉文学”，不过“公路文学”也紧随其后，还有“苏塞克斯文学”（苏塞克斯或许算得上伦敦周围各郡中最具文学气质的一个郡了），以及难登大雅之堂的小说，这类书也不可说不严肃，但文字实在令人生厌，只有年事已高的伪学者才会研究它们。甚至可以把小说分类成工业文学、航空文学、足病治疗文学、天气文学。此处我特意加入天气并非空穴来风，这来自我这些年读过的一本神作。此书来自大洋彼岸，一旦读过，就难以忘却。它是一本文学指南，题为《小说的题材与方法》，作者姓名在此不提，只说他是一位伪学者，且是一位优秀的伪学者。他按照小说的日期、长度、地区、作者性别、观点，总之以任何你能想到的标准去将小说分门别类。但他祭出的绝招是我打破头也想不到的天气，并且展示了九种神通。这九种神通他都一一举例说明，因此就算说他千般不是，却唯独不能说他不够勤勉。接下来，我们就来领略一下这九种神通的风采。

第一，天气可以单单只起“装饰”作用，比如皮埃尔·洛蒂[1]的作品；第二，是真有“实用性”的，比如在《弗洛斯河上的磨坊》[2]中，没有河，就没有磨坊，没有磨坊，就没有主角一家人；第三，天气可以有“阐释”作用，比如在《利己主义者》[3]中；第四，“预先构造和谐的氛围”，比如菲奥娜·麦克利奥德的作品；第五，体现“情绪的对比”，比如《巴伦特雷少爷》[4]；第六，天气可以成为“行动的

---

① 皮埃尔·洛蒂（Pierre Loti，1850—1923）：法国小说家，作品中的异国情调使他享有盛名。

② 《弗洛斯河上的磨坊》（*The Mill on the Floss*）：英国女作家乔治·艾略特（George Eliot，1819—1880）创作的长篇小说，首次出版于1860年。

③ 《利己主义者》（*The Egoist*）：乔治·梅雷迪思的代表作，出版于1879年。

④ 《巴伦特雷少爷》（*The Master of Ballantrae*）：作者是英国小说家罗伯特·路易斯·史蒂文森（Robert Louis Stevenson，1850—1894），他是英国新浪漫主义的先驱和代表作家，擅长撰写新奇浪漫的冒险故事。

决定因素”，比如在某个吉卜林的短篇中，沙尘暴来袭，导致男人找错了对象；第七，天气也可以是“起支配作用的影响”，比如《理查德·费沃里尔》；第八，天气即“主角”，比如在《庞贝末日》中的维苏威火山；第九，天气可以“根本不存在”，比如童话故事中。我特别喜欢他写天气不存在的这一段，显得一切都那么科学、清晰有条理。但他仍嫌不够，在给天气分完类后，他说还有一件最重要的事情，那就是天赋。一位小说家就算了解了九种天气的分类，可没有天赋，也无济于事。想到这儿，他似乎兴致大发，又按照“语气”将小说进行了分类。“语气”只有主、客观两种分类，举完例子后，他再次忧心忡忡地说：“没错，除非你天赋异禀，否则使用哪种语气都写不出好小说。”

这种总爱把“天赋”两个字挂在嘴边的做法是伪学者的又一特质。他特别爱提及这两个字，因为光是它的读音就足够唬人，不用他费力再去解释。文学作品都是天才的创造，小说家都是天才无疑。既然如此，我们就该给他们分类了，他也的确是这么做的。也许他说得没错，却毫无意义，因为他根本没有深入了解过这些书，要么是根本没读过，要么是曲解了书中含义。书一定是用来读的（坏消息是读书很费时间），这是了解其中内容的唯一途径。有些野蛮部落会吃书，但对于西方世界来说，只有阅读，才能消化书本。读者必须坐下来，独自一人和作者较量，伪学者就做不到这一点。他更愿意将一本书和它所处的历史背景、其作者的生平经历、书中描写的事件——最重要的是，跟某种“潮流”联系起来。只要和“潮流”二字挂上钩，他就来了精神，即使他的读者此时提不起什么精神，但依然会拿出笔做个标记，像是觉得“潮流”是可以呼之即来，挥之即去的。

正是因此，在这本就行将瓦解的讲座中，我们不能按照时间顺序来剖析小说，我们绝不能将自己置身时间长河中。另一幅画面更符合我们的能力：所有小说家都在同一时间写小说。他们所处的时代和阶层不同，他们的性格和目标迥异，但他们都把笔握在手中，都在创作。让我们越过他们的肩头看一看，他们都在写什么。这么做也许能够赶走我们面前的敌人，有时，形如鬼魅的年代学（下周我们会讲一讲）也是作家的敌人。“哦，时代与人类之子，真是有着难以平息的宿怨！”赫尔曼·梅尔维尔曾如此感叹，并且这种宿怨不仅存在于生死之间，也同样纠缠于文学创作和评论之间。为了免受其害，我们不妨想象所有小说家都在一个圆形房间里共同创作。除非先讲到他们笔下的文字，否则我不会提起某位作家的大名，因为一旦提起人名，就无法避免随之而来的种种，比如时代、绯闻等我们避之不及的联系。

作家们按照指示两两分组。我们先来看看第一组是怎么写的。

（一）

我不知道该怎么做——不知道！上帝原谅

我吧，我真的受够了！我希望——我都不知道该许下什么愿望才不会犯下罪孽了！但我希望能够取悦上帝，赐我怜悯！——在这儿我谁都见不到。——这到底是什么样的世界！有什么值得追求的？我们追求的善良如此复杂纠缠，我们都不知道该追求什么了！整个人类，一半在折磨另一半，又因为折磨别人而折磨自己！

（二）

我恨我自己——当我想到一个人想要快乐，就必须索取很多东西，而且是从别人的生命中索取，想必这个人就已经不快乐了。他这么做不过是为了欺骗自己，堵住自己的嘴——可最多只能保持一小段时间。那个扭曲的自我总是阴魂不散，给我们不断制造新的焦虑。结果就是，不断地索取，不是也永远不可能是快乐。唯一安全的事情就是付出，它至少不会欺骗你。

显然，眼前的第一组两位小说家看待生活的

态度完全一致，不过第一位是塞缪尔·理查逊，而想必诸位已经认出来第二位了，是亨利·詹姆斯[①]。两人都是充满焦虑而非热心的心理学家。两人都能够共情他人的苦难，提倡自我牺牲。两人都缺乏悲剧感，不过采取的手法与悲剧相近。支配着二人精神特质的是一种令人战栗的高贵感——他们写得太好了！行文如流水，没有一个词语是多余的。虽然他们之间相隔150年，可他们难道不像吗？他们的这种相似性对我们难道没有裨益吗？当然，如果亨利·詹姆斯听见这话，肯定会很后悔——不，不是后悔，而是惊讶——不，甚至不是惊讶，而是他意识到，这种相似性是人们想当然了，他还会再强调下，就是人们想当然了，把他和一位铺面店主[②]联系到了一起。我也听到理查逊同样谨慎地表达疑问，难道英格兰以外也能出现作风正派的作家？不过这些差异

① 亨利·詹姆斯（Henry James，1843—1916）：英籍美裔小说家、文学批评家、剧作家和散文家。

② 塞缪尔·理查逊曾经在伦敦经营一家印刷作坊。

只流于表面，实际上根本算不上差异，反而更加深了他们的联系。就让他们和谐地相处吧。

我们继续看下一组作家。

（一）

在约翰逊夫人老练的操持下，葬礼的准备工作既轻松，又愉快。在这个悲伤的日子前夕，她准备了黑色绸缎、梯子和一盒大头钉，并用最典雅的花色带子和蝴蝶结装饰了房子。她把门环用黑色棉布裹起来，在加里波第[①]钢版画的角落上挂了个大蝴蝶结，并用黑布盖住死者生前拥有的格莱斯顿先生半身像。她把两只印有蒂沃利和那不勒斯湾景色的花瓶调转了位置，把亮丽的风景隐藏起来，只露出朴素的蓝色珐琅。她早早就想到买一块桌布用在前厅，并用紫罗兰色的桌布代替了现在已经非常破旧和褪色的玫瑰花绒桌布。总之，为了给这个小

① 即朱塞佩·加里波第（Giuseppe Garibaldi，1807—1882），意大利国家独立和统一运动的杰出领袖、军事家。

家带来庄严肃穆的气氛，最为思虑周全的人能做的也不过如此了。

（二）

客厅里弥漫着甜点的香味，我四处张望，想看看那张摆放着茶点的桌子在哪里。等我的眼睛习惯了屋内暗淡的光线，我才看到了那张桌子，只见上面摆着一个切开了的葡萄干蛋糕、几个切开的橙子、三明治和饼干，另外还摆着两只玻璃酒瓶，我知道那两个酒瓶向来只做装饰，从未见有人用过。不过现在一只酒瓶装满了葡萄酒，另一只装的则是雪莉酒。我走到桌旁站定，才看到那个卑躬屈膝的彭波乔克穿着黑色斗篷，戴着足有几码长饰带的帽子，正一面往嘴里塞东西，一面做讨好的动作来吸引我的注意。一见自己成功了，他就朝我走过来（呼吸中散发着雪莉酒的气味，嘴边都是甜点碎屑），压低声音说："可以吗，亲爱的先生？"说完便和我握了手。

这两个葬礼并非在同一天举行。第一场是波利[①]先生父亲的葬礼（1920），第二场是《远大前程》[②]中葛吉瑞太太的葬礼（1860）。不过威尔斯和狄更斯却用上了同样的描写视角和描写手法（试着比较一下两只花瓶和两只酒瓶）。他们都是幽默作家，也都擅长描写视觉场景，能够通过不断罗列不起眼的细节来达到出人意料的效果。两人都心胸开阔，均厌恶虚情假意，很享受让伪君子栽跟头的乐趣。他们也是居功至伟的社会改革家，从未想过把自己的作品局限在图书馆的书架上。有时，他们过于栩栩如生的行文表面会像廉价留声机一样出现刮痕，会在质量上出现一定程度的缺陷，作

① 小说《波利先生的故事》（*The History of Mr. Polly*）中的人物。该作品是英国著名小说家、新闻记者、社会学家和历史学家赫伯特·乔治·威尔斯（Herbert George Wells，1866—1946）所创作，问世于1910年，但此处福斯特在原文中给出的葬礼年份是1920年。

② 《远大前程》（*Great Expectations*）：又译为《孤星血泪》，是英国作家查尔斯·狄更斯（Charles Dickens，1812—1870）的长篇小说，于1861年出版。

家将读者的面孔拉得太近。换句话说，二者的品位都不高：美的大门对于狄更斯来说基本上是虚掩着的，对于威尔斯来说则是关得严丝合缝。他们也有其他相似之处，比如描写人物的手法，不过这一点我们以后再分析。也许两人之间最大的不同之处在于，他们虽然都是出身贫寒的天才，但一位生活在一百年前，一位生活在四十年前，因此面对的机遇全然不同。威尔斯获得的机遇明显更好。他比前辈受过更好的教育，尤其学习了科学的知识，心智得到了锻炼，性格中的歇斯底里受到了压制。他记录了社会的进步："坑人子弟学堂"[1]已被理工学院取代。但对于小说创作的艺术，他并无丝毫进步。

那么下一组作家又如何呢？

（一）

至于那个印子，我不太确定，我不相信是

① "坑人子弟学堂"：即Dotheboys Hall，是狄更斯作品《尼古拉斯·尼克尔贝》中描写的一所校方以虐待学童为能事的男童寄宿学堂。

钉子钉出来的，因为太大、太圆了，就算我站起来仔细看，十有八九还是拿不准，毕竟只要一件事情做完了，那谁也说不清它是如何发生的了。老天，生活多么神秘！思想多么离谱儿！人类多么无知！为了证明我们对自己的所有物多么缺乏控制——就算我们建立起了如此辉煌的文明，生活依然充满偶然——我只需数出我们这辈子一定会弄丢的几样东西就可以了，就从三个用来装订书针的浅蓝色小罐子开始吧，因为你总是搞不清它们是怎么丢的——哪有猫愿意咬，哪有老鼠愿意啃呢？然后是鸟笼子、铁环、钢制溜冰鞋、从安妮女王时代传下来的煤斗子、小弹球板、手风琴——全弄丢了，珠宝也是。蛋白石、祖母绿，这会儿正躺在萝卜根旁。可以肯定的是，这些东西一点一点地全丢了！我现在还能有衣服穿，周围还有结实的家具，简直是天大的奇迹。要想给人生找个合适的比喻，只能比作以50英里①的时速穿越伦敦的地铁了……

① 1英里约合1.61公里，50英里约80.5公里。

（二）

至少十年了，我父亲每天都发誓要修好它，但至今它还是坏的。除了我们家，换一家人过一个小时就受不了了。最令人惊奇的是，除了门铰链，世界上再没有任何话题能让我父亲如此滔滔不绝。而与此同时，对于门铰链来说，我父亲肯定是有史以来最言行相诡的家伙，他嘴上说的和实际做的永远相反。客厅的门再也没打开过，他所谓的哲学和原则也成了牺牲品。其实只需要三滴油加上一根鸡毛，用锤子敲一敲，他的面子就永远保住了。

人的灵魂还真是矛盾。伤口明明可以医治，却甘愿受其折磨。他的一生和他的知识相互矛盾。他的理智是上帝恩赐的礼物（而不是在他脑子里倒满油），却也加剧了他的多愁善感，倍增他的痛苦，让他更加忧郁、不安！真是既可怜，又不幸，但他又不得不这么做！难道说这世上必须承受的痛苦还不够多吗？他还要自讨苦吃？与无法避免的邪恶苦苦斗争，只要将这些邪恶带给他的十分之一苦难转移到他人身上，他就能永远解脱了。

以所有善良和美德发誓，要是在项狄府周围10英里内能找到三滴油和一把锤子，客厅的门铰链在当任君主治下就能修好了。

后面引用的一段当然是出自《项狄传》[①]，而前面一段则是弗吉尼亚·伍尔夫[②]的手笔。她和斯特恩都是幻想家。他们喜欢从小事物出发，跑出十万八千里后，最终又落脚在这个小事物上。他们对生命这个大泥塘既有幽默的欣赏，也能敏锐地感知其美好，甚至他们都有相似的语调——一种刻意营造的困惑，一种向所有人宣

① 《项狄传》：全名为《绅士特里斯舛·项狄的生平与见解》（*The Life and Opinions of Tristram Shandy, Gentlema*），是18世纪英国文学家劳伦斯·斯特恩（Laurence Sterne，1713—1768）的代表作之一，1759—1767年间出版，被视为意识流小说的先驱。

② 弗吉尼亚·伍尔夫（Virginia Woolf，1882—1941）：英国女作家、文学批评家和文学理论家，意识流文学代表人物，被誉为20世纪现代主义与女性主义的先锋，该选段出自其1919年发表的作品《墙上的斑点》（*The Mark on the Wall*）。

告自己不知所从的做法。毫无疑问，他们的价值尺度自然不同。斯特恩此人多愁善感，弗吉尼亚·伍尔夫（或许她最近的作品《到灯塔去》除外）则有超然事外之感。他们达成的成就也不在同一个水准上。但他们的写作手法类似，造成的出乎意料的效果也类似。比如：客厅的门再也没修好，墙上的印子原来是只蜗牛，生命是那样的混沌不堪，天哪，人类意志如此不堪一击，人类情感是那样的捉摸不定，哲学……上帝……天哪，看看那道印子……听听那扇门……生存真是太……我们在聊什么来着？

看了这六位小说家的创作，年代顺序是不是显得没那么重要了？如果说小说确实有所发展，那是不是和英国《宪法》甚至妇女运动没什么关系？我之所以说“甚至妇女运动”，是因为英国小说刚好与发生在19世纪的这项运动有所联系，并且两者的联系十分紧密，以至于很多评论家受到误导，认为这是一种有机联系。他们断言，妇女地位上升，小说也必然发展。事实则不然。一面镜子不会因为一场盛大的选美比赛从它面前经过，就变得更加有光泽。它只有在镀上了一层水银后，才会变得更好，即获得了新的敏感度。而小说成功与否同样在于其敏感度，而与其主题无关。帝国覆灭也好，谁又获得了投票权也好，对于那些在圆形房间里写作的人而言，把笔尖掌握在手里的感觉才是最重要的。也许他们会决定写一本关于法国或俄国革命的小说，但回忆、联想、激情会从心头涌起，遮盖他们的客观性，于是待小说写完他们回头重读时，会觉得仿佛下笔的另有其人，他们所选择的主题只不过是前提背景。所谓“另有其人”，当然就是他们自己，但并非生活在当下，而是生活在乔治四世、五世治下的那个自己。纵观历史，作家们或多或少都有类似的感受。他们共同进入了一种状态，为了方便起见，可称之为“灵感”。既然提到了这种状态，我们就可以说：历史的车轮不断前进，但艺术亘古不变。

“历史的车轮不断前进，但艺术亘古不变。”这话乍一听像是句名人名言，几乎算得上是一句口号了，不过就算我们不得不照此行事，也得承认其缺陷。这句话并非完全正确。

首先，它没有将人类思想根据时代而有所不同纳入考虑范围，比如，在伊丽莎白女王治下，喜欢写关于商店和酒吧的幽默故事的托马斯·德罗尼，其思想本质就和他在当代的代表——论才情应该是尼尔·里昂斯或者佩特·里奇——完全不同？事实上，德罗尼和他们并没什么不同。当然，个体差异肯定是有的，但本质上其实都一样，不会因为他生活在四百年前就全然不同。要说是四千年、一万四千年，或许我们不能把话说得那么绝对，但四百年对于整个人类生命来说实在不值一提，根本没有发生任何重大改变的空间。所以我们的口号在这里并无不妥，我们可以放心大胆地喊出口来。

但如果说起传统的发展，看看我们因为不考虑思想变革带来的损失，那情况就严重多了。除了流派、影响和潮流，英国小说还有“技巧”一说，这就会随着时代而发生改变了。比如嘲笑小说中人物的技巧：嘲笑捉弄一番的方式远非千篇一律；伊丽莎白时代的幽默小说家挑选笔下“受害者”的方式与现代完全不同，他们有的是本事引人发笑。还有幻想的技巧：如弗吉尼亚·伍尔夫，虽然她的目标和总体效果和斯特恩类似，但实际过程全然不一样，她的确同属这一传统，只是在晚期阶段而已。再来说描写对话的技巧：尽管我很想这么做，但在上面举出的一组组例子里，我并未将对话的内容囊括进去，原因在于“他说”和“她说”的用法几百年来变化显著，足具时代特色，就算讲话中的人物出于类似的构思，但截取的短短一段话也无法体现出来。好了，诸如此类的问题我们就先谈到这儿，我们也必须承认我们的确力不从心，尽管我们已经能够不留遗憾地将主题事件和人性的发展抛到九霄云外。文学传统是文学和历史之间的灰色地带，严阵以待的评论家们会在这里花费大量时间，从而增强自己的判断。我们可不能僭越半步，毕竟我们书读得还不够多。我们必须假装它就是历史的一部分，与其划清界限，同时我们也不能与文学年代学扯上关系。

我将引用前任讲师艾略特先生的话，以示安慰。艾略特先生在《圣林》[①]的导言中列举了评论家的职责，“保护传统是评论家的职责——前提是存在优良的传统。同时，以稳定、完整的视角审视文学，也是其职责。最重要的是，不能将文学的时间属性奉若至圣，要超越时间，关注作品本身……”第一项职责我们力有未逮，但第二项职责我们责无旁贷。我们既无法检验传统，更无法保护传统。但我们可以将所有小说家放进一个房间，以我们的无知迫使他们挣脱时空的束缚。我认为这完全值得一试，否则我也不会贸然前来开什么讲座了。

---

① 《圣林》（*The Sacred Wood*）：英国作家T.S.艾略特（Thomas Stearns Eliot，1888—1965）于1920年出版的文学评论集。

那么，对于小说这块海绵一般的区域，这些“有一定长度的虚构散文”却又无法界定具体篇幅的作品，我们该怎么应对呢？没有任何精密仪器可供使用。原则或体系对于其他艺术形式或许适用，但在小说这儿行不通——就算用得上，得出的结果也必须经过二次测试和检验。那么由谁来检验呢？恐怕只有人类心灵能担此重任了，完全置于一对一的感受中，尽管这种方式的确太过粗糙。一本小说好不好，最终还是取决于我们对它的感受，就像对朋友，或是任何我们无法精确定义之物一样。主观情感——对有的人来说，这是比年代学更可怕的恶魔——会在你的耳边悄声引诱：“啊，我喜欢这个。”“啊，这没什么好看的。”我只能保证，主观情感的声音不会太响亮，说出口的时间也不会太早。小说中那些剧烈、令人窒息的人性特点根本避无可避，人性贯穿小说中，逃不脱，也绕不开，文学批评对此当然也无法回避。也许我们厌恶人性，可如果将小说中的人性荡涤干净，那小说就失去了神韵，只剩一堆没有灵魂的文字。

我之所以将“面面观”选作标题，正是因为这个词语显得不那么科学，不那么清晰，它给我们留下了最大的想象空间，既意味着我们可以用不同视角看待小说，又意味着作者也可以用不同视角看待自己的作品。而我选择了七个方面来观察小说：故事、人物、情节、幻想、预言、模式以及节奏。

二、故事

想必大家都同意，小说最基本的方面就是讲故事，但我们表示同意的语气各有不同，而用什么样的语气恰恰决定了我们将得出什么样的后续结论。

我们来听听下面三种语气。如果你问某一类人："小说的作用是什么？"他会虚心平静地回答："这个嘛……还真不好说……你这问题问得很有意思——小说不就是小说吗……应该可以这么说吧，小说就是用来讲故事的。"

他态度温和，但话说得模棱两可，没准儿他正开着公共汽车，对文学不怎么关心，只看得到其优点。另一个人，可以想象他站在高尔夫球场上，这个人讲话更强势，且言简意赅。他会说：“小说的作用？自然是讲故事啊，不讲故事的小说读它干吗？我就喜欢读故事，虽然不是什么高雅的品位，但我就是喜欢。你们尽管喜欢你们的高雅艺术，喜欢你们的文学，喜欢你们的音乐，把好故事留给我就行。但请注意，故事只是故事，我老婆也是这么觉得的。”第三个人回答时则垂头丧气、没精打采：“是啊——天哪，对——小说是讲故事的。”我尊敬第一种人，厌恶第二种人，而第三种人说的就是在下了。是啊——天哪，对——小说是讲故事的。这就是小说最根本的方面，没了讲故事的功能，小说也就不复存在了。这一点对于所有小说都是毋庸置疑的事实，我也希望它不是，宁愿是其他的要素——小说的节奏，或是一针见血的真相，而不是这种低级、原始的形式。

我们越是研究故事（请注意，故事只是故事），我们就越是会将故事剥离出由它发展而来的美好事物，于是我们就越来越瞧不起故事。它就像一根脊梁，或者说像是一条绦虫，因为它总是首尾莫辨。它非常古老，可以追溯到新石器时代甚至旧石器时代。从头骨形状来判断，尼安德特人[1]已经开始听故事了。这些原始听众毛发脏乱，围坐在营火边直打哈欠，本就因为与猛犸和长毛犀牛搏斗而疲惫不堪，只有故事的悬念能让他们勉强打起精神。接下来会发生什么？小说家口若悬河讲个不停，听众们一旦猜出接下来故事的走向，要么昏昏睡去，要么就会把小说家杀了。这个职业有多么危险，只要想想后来出现

---

① 尼安德特人（Homo neanderthalensis）：简称尼人，也被译为尼安德塔人，常作为人类进化史中间阶段的代表性居群的通称，因其化石发现于德国尼安德特山谷而得名。

的舍赫拉查达[①]就明白了。舍赫拉查达之所以能够捡回一条命，完全是因为她懂得如何利用悬念这件武器——这是唯一在暴君和野蛮人身上也管用的文学武器了。尽管她是一位无比出色的小说家——描述精准细致，从不妄下定论，事件描写巧妙，寓意深刻脱俗，人物刻画栩栩如生，对东方三大都城了如指掌——可最终让她从暴君丈夫手里捡回一条命的和以上这些天赋半点关系没有。这些东西不过都是无关紧要的事情。她之所以能够活下来，仅仅是因为她能够让国王好奇接下来故事的走向。每次她看到太阳升起，就会硬生生地打断自己的话，由着丈夫目瞪口呆。“这时候，舍赫拉查达看到旭日东升，便小心翼翼地

---

① 阿拉伯民间故事集《一千零一夜》（*Tales from the thousand and one nights*、*The Arabian Nights*）中的人物。古代阿拉伯的苏丹王沙赫里亚尔专横而残酷，他认为女人皆居心叵测而不贞，于是他每天娶一位新娘，次日便将其处死。机智的少女舍赫拉查达嫁给这位苏丹王之后，在当夜给苏丹王讲了一个离奇生动的故事。第二天，这个故事正讲到关键处，被舍赫拉查达的故事深深吸引的苏丹王为了继续听下去，破例没有处死这位新娘。之后，舍赫拉查达又以同样的方式给苏丹王讲了一连串的故事，一直讲了一千零一个夜晚。

住了口。”这句看似无聊的话就是《一千零一夜》的脊柱，就是将这一千零一个夜晚连在一起，最终拯救了一位王妃性命的绦虫。

我们与舍赫拉查达的丈夫没什么两样，都想知道接下来故事如何发展，这是一种普遍的心理。因此，小说的脊柱必须是一个故事。有的人对故事以外的任何事都不关心——只剩下最原始的好奇，结果就是我们其他的文学判断都显得荒谬愚蠢。现在，我们可以给故事下个定义了：它将一系列事件按照时间顺序进行叙述。晚餐在早餐之后，星期二在星期一之后，先死去、再腐坏，等等。故事所拥有的唯一优点就是让读者好奇接下来会发生什么。与之对应，它也只有一个缺点，那就是观众对接下来的剧情失去了兴趣。如果一个故事只是单纯的故事，那么对其能够产生的评判也就这两种情况了。它是最低级、最简单的文学有机体，但又比那些被称作小说的复杂有机体更加高级。

当我们将这样的故事与它发展历程中更高尚

的方面隔离开来，并将它放在镊子上，它就像一条扭动着、没有尽头的赤裸裸的时间之虫，呈现出一种可憎又沉闷的样子。但我们可以从中学习很多东西。让我们首先结合日常生活来看看吧。

日常生活也充满了时间感。我们认为一个事件发生在另一个事件之后或之前，这种想法经常出现在我们的脑海中，我们的许多谈话和行动都是在这一假设的基础上进行的。当然，只是我们的大部分谈话和行动，并不是全部。除了时间，生活中似乎还有其他东西，为求方便，可以称之为“价值”，这种东西不是用分钟或小时来衡量的，而是用强度来衡量的。因此，当我们回顾过去时，它不会均匀地向后延伸，而是堆积成一些引人注目的小尖塔。当我们展望未来时，它有时像一面墙，有时乌云密布，有时阳光普照，但从来不是清晰的时间表。记忆和期待都对时间之父不太感兴趣，所有的梦想家、艺术家和恋人都能在他的暴政中得到部分解脱。他可以杀死他们，但无法吸引他们的注意力，在末日来临的时刻，当塔楼上的巨钟被竭尽全力敲响时，他们甚至可能看都不看。因此，无论日常生活是什么，实际上都是由两种生活组成的——时间生活和价值生活，我们的行为也表现出双向的忠诚。“我只看了她五分钟，但已经值了。”一句话里，一个人的两种忠诚都体现了。而故事所做的就是以时间角度来叙述生活。如果有那么一部好小说，那么这部小说所做的就是将价值生活也囊括其中，我们暂且按下不表其使用的写作方法。同样，小说也有双向的忠诚。但在小说中，对时间的忠诚是必不可少的：没有时间，任何小说都无法写成。然而在日常生活中却未必如此：虽然我们无法完全确定，不过某些神秘主义者的经验确实表明未必如此，我们认为星期一之后是星期二，或者说死了之后尸体才腐烂，也许是完全错误的。在日常生活中，你我总有可能否认时间的存在，并采取相应的行动，即使我们变得难以理解，被我们的同胞送到精神病院。但小说家永远不可能否认小说结构中的时间：他必须紧紧抓住故事的主线，他必须触摸那没有尽头的绦虫，否则他会变成难以理解的另类，最终酿成大错。

我一直尝试不用哲学态度看待时间，因为（专家警告过）对于门外汉来说，这种倾向非常危险，比谈论地点更致命，而曾有相当著名的玄学家也因在时间方面见解不当而捅了娄子。我只是想解释一下，当我正在讲课时，我也许听到了时钟的嘀嗒声，也许没有听到，我或许保留了，或许失去了时间感。而在小说中，总有一个时钟存在。也许作者并不喜欢这个时钟。艾米莉·勃朗特在《呼啸山庄》中就试图隐藏她的时钟；斯特恩在《项狄传》里则把他的时钟完全倒转过来；马塞尔·普鲁斯特的做法更为巧妙，他不断拨动指针，使主人公在同一时间既能宴请情妇，又能与保姆在公园里打球。所有这些手段都无可厚非，也都没有违背我们的论点：小说的基础是一个故事，而故事是将一系列事件按照时间顺序进行叙述。（顺便说一句，故事与情节不同，故事可能是构成情节的基础，但情节是一个更高类型的有机体，我们将在未来的讲座中对此做出定义和讨论。）

该由谁来为我们讲故事？

当然是沃尔特·司各特爵士。

人们对司各特这位小说家的评价可谓爱憎分明。就我自己而言，我不太喜欢他，也很难理解他为什么长久以来一直声名在外。当然，在他生活的那个年代，他有此声誉并不奇怪。这有着重要的历史原因，如果我们的讲座安排是按照年代顺序进行，那么我们倒是应该对此详加讨论。但是，当我们把他从时间长河中抽出来，让他和其他小说家一起在那个圆形的房间里写作时，他呈现出的形象就不那么杰出了。人们认为他思想琐碎，风格太刻意明显。他无法构思。他既没有艺术上的超然，也没有激情，一个缺乏这两者的作家怎么能创造出让我们深受感动的角色呢？艺术上的超然——也许要求做到这一点的确太过苛求了，但是激情——这要求已经不算高了。再想想司各特费尽心机堆出来的高山，筋疲力尽挖出来的深谷，还有精心设计毁坏的修道院，字里行间都在呼唤激情、激情，可激情从未到来！如果他有激情，他将成为一个伟大的作家，那时，即便行文非常笨拙和做作也没有影响。但他只有一颗温和的心和绅士的感情，以及对乡村的感情——但这些不足以成为伟大小说的基础。他很正直，却不如“下作”些，因为那只是道德和商业上的正直。他觉得有了正直就万事大吉了，却从未想过还有另一种忠诚。

他能够名满天下有两个原因：首先，许多年长的一代人在年轻时就总听人读他的作品。于是人们在苏格兰度假或居住时幸福而又感伤的回忆便与他产生了千丝万缕的联系。他们的确爱他，其中的原因与我爱《瑞士罗宾逊一家》[①]一

---

① 《瑞士罗宾逊一家》（*The Swiss Family Robinson*）：瑞士民俗学家、作家、编辑魏斯（Johann Rudolf Wyss，1782—1830）的作品。讲述了一个瑞士家庭在移民海外时所乘的船不幸遭遇海难，幸运的是他们一家人流落到了一个热带荒岛之上。刚到荒岛上，一家人感到很迷惘，之后他们逐渐克服了生活上的困难。在以后的日子里，他们以乐观的生活态度将这个荒岛变成了人间天堂。

样。就这本书，我可以给大家洋洋洒洒讲一场精彩的讲座，因为我在童年时代对这本书实在爱得太深。当我的大脑完全衰退时，我将不再烦恼什么伟大的文学。我将回到浪漫的海岸，在那里，“船受到了可怕的冲击”，释放出四位半神，分别是弗里茨、欧内斯特、杰克和小弗朗茨，还有他们的父亲、母亲和一个垫子，里面装有在热带地区居住十年所需的所有用品。这就是我永恒的夏天，这就是《瑞士罗宾逊一家》对我的意义，而这不正是沃尔特·司各特爵士对你们中一些人的意义吗？难道除了让你们想起快乐的童年，他还有别的意义吗？在我们的大脑衰退之前，当我们想要真的去理解书籍时，难道不应该把这一切都放在一边吗？

其次，司各特成名也是有一个坚实基础的。他的确会讲故事。他掌握着一种原始的力量，能吊着读者的胃口，充分利用读者的好奇心。让我们回顾一下《古董商》这本书吧，不是分析它，分析是一种错误的方法，我们要做的是回顾，然后我们将看到故事本身是如何展开的，并能够研究它使用了哪些简单的技巧。

《古董商》

第一章

在18世纪末的一个晴朗的夏日里，一位外表优雅的年轻人前往苏格兰东北部，他买了一张往返于爱丁堡和女王渡口的公共渡船票，想必地名已经揭示这里有一条穿越福斯湾的渡船，而且北部的读者一定对此非常熟悉。

这就是《古董商》开篇的第一句话，没有什么激动人心的地方，但已经交代了时间、地点，引出一位年轻人，也为故事讲述者设定了场景。我们对这位年轻人下一步要做什么会有些好奇。他的名字叫洛夫，他身上有个谜团。他就是主角，否则司各特不会说他外表优雅了，他一定会让女主角幸福。他遇到了古董商乔纳森·奥尔巴克。他们坐上马车，过了一段时间才互相搭话，之后洛夫去奥尔巴克家拜访了他。在奥尔巴克家附近，他们遇到了一个新角色——伊迪·奥奇特里。司各特很擅长介绍新人物，他引入新角色的技法纯熟自然，笔下的新角色个个志得意满。伊迪·奥奇特里说会和主角做笔大生意，他虽然是一个乞丐，但不是普通的乞丐，而是一个既天马行空，又值得信赖的无赖，他会不会帮助我们解开洛夫身上的秘密？接下来登场的人物还有：亚瑟·沃德尔爵士（家族元老，不善经营），亚瑟爵士的女儿伊莎贝拉（性格傲慢，主角单恋她），以及奥尔巴克的妹妹格里兹小姐。格里兹小姐出场时也是一副大有前程的样子。事实上，她如同一段具有喜剧色彩的插曲，对于故事发展并无作用，要知道，这位故事讲述者最擅长写这种插曲了。他不必一直特意去安排因果关系、埋伏笔，就算他说的是与故事发展无关的话，也能很好地保持艺术的简单界限。观众会觉得这些差距会推动剧情的发展，可观众不过就是头发脏乱的野蛮人，精力有限，记性更有限。故事讲述者和情节编织者还不一样，讲这些细枝末节的事情反而更给故事增色添彩。格里兹小姐就是这样一条无关紧要的枝丫。要说粗壮一些的枝干，可以在那部自称简洁悲剧的《拉默穆尔的新娘》中找到。在这本书中，对掌玺大臣的登场，司各特浓墨重彩地介绍了一番，并且不断暗示这个角色有缺陷，并将导致一场悲剧。然而事实上，就算这个角色根本不存在，悲剧还是会以基本相同的方式发生——这是由于埃德加、露西、阿什顿夫人和巴克洛四人才是造成悲剧的根本原因。我们继续回到《古董商》一书，接下来是一场晚宴，奥尔巴克和亚瑟爵士吵了起来，亚瑟爵士气不过，带着女儿提前退场，他们试图穿过沙滩回到自己的房子，偏偏此时潮水上涨淹没了沙滩。亚瑟爵士和伊莎贝拉受困，遇见伊迪·奥奇特里。这是故事中第一个危急的时刻，故事讲述者是这样处理的：

他们交谈之时，已经爬到了能上得去的岩石最高处。再往前一步，就小命不保了。他们只能眼睁睁地等待无可避免却来势缓慢的狂暴命运，处境与早期基督教殉教者类似，被异教暴徒扔到野兽面前，不得不看着这些野兽被激得兽性大发，只等一声令下，兽栏打开，扑向猎物。

可就算在这危急万分的关头，伊莎贝拉竟依然能够唤起自己本就坚强和勇敢的内心，在这骇人无比的时刻振作了起来。“我们必须放弃生命，”她说，“不做任何挣扎吗？无论多么凶险，难道我们就不能爬上绝壁，或者至少爬到高出潮水的地方，等到早晨退潮，或是救援到来吗？他们一定已经知道了我们的处境，会发动全村人来救援我们。”

女主角如此说，她的语气确实使读者冷静下来。不过我们还是想知道接下来会发生什么事。那些石头都像是硬纸板做的，就像我最爱的《瑞士罗宾逊一家》里一样。暴风雨就像司各特招之即来，同时他又在胡乱写着什么早期基督教的事情。这场面没一点真实性可言，根本让人嗅不出危险的味道。整段文字毫无激情，功能性太过明显，然而我们还是忍不住想知道接下来的事情。

还能怎么样呢？自然是洛夫救了他们。没错，我们早该想到这一点。可想到了又如何？

接下来又是一段细枝末节。洛夫被文物馆安排在一间闹鬼的房间里睡觉，在那里，他梦见了主人家的祖先，主人对他说“Kunst macht Gunst”。因为他不懂德语，所以他当时没听明白，后来才知道这句话的意思是“巧取芳心”：他必须想个巧妙的办法才能攻破伊莎贝拉的心理防线。也就是说，一晚上唬人无比的超自然现象对剧情推进一点作用也没有。又是挂毯，又是暴风雨的，却只达成了一条不知道从哪儿抄来的文案格言的效果。可读者并不知道这一点。当他听到“Kunst macht Gunst”时，注意力立马被转移了——时间顺序继续推进。

然后是在圣鲁斯的废墟中野餐。邪恶的外国人杜斯特维夫登场，他曾让亚瑟爵士参与挖宝计划，他的迷信观念因为不是苏格兰边境一带人们相信的那种而受到嘲笑。古董商的侄子赫克托·麦金泰尔登场，他怀疑洛夫是个冒牌货。两人决斗。洛夫以为自己已经杀死了对手，于是和总在危急时刻现身的伊迪·奥奇特里一起远走高飞。他们躲在圣鲁斯的废墟中，在那里，他们看到杜斯特维夫诱骗亚瑟爵士去寻宝。洛夫乘着小船扬长而去，待到他再次出场之前，我们都不必担心他。然后是第二次在圣鲁斯寻宝，亚瑟爵士发现了一堆白银。第三次寻宝，杜斯特维夫被暴揍一顿，当他苏醒过来时，他看到了老格伦兰伯爵夫人的葬礼仪式，她将在午夜被秘密地埋葬于此，这家人是罗马教徒。

这下子，格伦兰家族在故事里的作用变得关键了起来，可他们出场的时候简直就是被一笔带过的！他们和杜斯特维夫扯上关系的方式实在是毫无艺术性可言，反正他长了双眼睛，司各特不用白不用，干脆拿来偷看些什么。至此，经历了这一连串事件的洗礼，读者们已经温顺到了极点，像原始人一样打起了哈欠。现在，人们对格伦兰家族产生了好奇心，圣鲁斯废墟的场景就此无用，我们进入了或许可以称之为“前传”的场景，两个新角色硬生生地被插进来，用疯狂又神秘的口吻大肆谈论罪恶的往事。他们的名字是埃尔斯佩特·穆克尔巴克——一位渔民女预言家，以及已故伯爵夫人的儿子格伦兰勋爵。他们的对话又被其他事件打断了——伊迪·奥奇特里被捕、审判和释放，另一名新角色溺水身亡，赫克托·麦金泰尔在叔叔家疗养时的幽默趣事。但重要的是，许多年前，格伦兰勋爵违背母亲的意愿，娶了一位名叫伊芙琳娜·尼维尔的女士，后来他才知道她是自己同父异母的妹妹。他惊恐万分，在她生下孩子之前就抛弃了她。而埃尔斯佩特以前是他母亲的仆人，现在向他解释说，其实伊芙琳娜与他没有血缘关系，后来她死于难产，当时埃尔斯佩特和另一名女仆在场，可诞下的孩子又莫名失踪了。随后格伦兰勋爵去咨询古董商，作为一名治安法官，想必他对当时的事件有所了解，而且他也爱过伊芙琳娜。接下来会发生什么？亚瑟·沃德尔爵士的戏份到此为止，因为杜斯特维夫把他坑惨了。然后呢？据报道，法军即将登陆。再然后呢？洛夫带领英军进入该地区。他现在自称“尼维尔少校”。但即使是“尼维尔少校”，也不是他的真名，因为他是格伦兰勋爵的走失之子，正是伯爵的合法继承人。部分通过埃尔斯佩特·穆克尔巴克，部分因为他在国外偶遇了摇身一变成为修女的另一位女仆，部分由于一位去世的叔叔，还有部分原因是伊迪·奥奇特里。总之，最后的真相终于浮出了水面。事实上，这一结局有很多理由，但司各特对理由根本不感兴趣。他只管把这些剧情堆砌起来，又懒得加以解释。让众多事件令人目不暇接地发生是他唯一严肃的目标。然后呢？伊莎贝拉深受感动，嫁给了主角。再然后呢？故事到此结束。我们不能总问“然后呢？”，如果太过追求时间序列，哪怕只超过了一秒，我们就将置身完全不同的领域了。

在《古董商》这一书中，小说家并没有刻意遵照时间生活，只是本能地去这么做了。这必然会导致情感的放松和判断的浅薄，尤其愚蠢地将大团圆婚姻作为结局。我们也可以有意识地去遵照时间生活，在一本不同寻常的书中可以找到一个这样的例子，这是一本令人难忘的书：阿诺德·本涅特的《老妇人的故事》[①]。时间才是《老妇人的故事》中真正的主角。时间在这本书中成为造物主，只有克里奇·洛先生能够免受其控制，可克里奇·洛先生这种例子毕竟罕见，反而显得时间越发强大。索菲娅和康斯坦斯，从我们看到她们穿着母亲的衣服嬉戏的那一刻起，我们就知道她们是时间之子。她们注定要以一种文学中罕见的完整形态

---

① 《老妇人的故事》（*The Old Wives'Tale*）：英国作家阿诺德·本涅特（Arnold Bennett，1867—1931）的代表作，描写了伯斯里镇布店老板贝恩斯的两个女儿从朝气蓬勃的姑娘变成平庸的老妪，反映了19世纪后半叶英国工业城镇里中产阶级的生活。

渐渐腐烂。她们一开始只是小姑娘，后来索菲娅与人私奔结婚，母亲去世，康斯坦斯结婚，丈夫去世，索菲娅的丈夫去世，索菲娅去世，康斯坦斯去世，她们那条患了风湿病的老狗蹒跚地走过来，看看碟子里还有没有吃食。我们的时间生活正是如此，人人忙着老去，它堵塞了索菲娅和康斯坦斯的血管，而这个故事听起来实在太正常了，没有半句妄言，得出的唯一结论就是人生一世，末了只剩三尺高的坟头。这个结论实在让人沮丧。我们当然会变老，但一本伟大的书必须建立在“当然”以外的东西之上，《老妇人的故事》的确非常深刻、真诚和悲伤，但远谈不上伟大。

那《战争与和平》呢？这当然是一本伟大的小说，同样强调了时间的影响和一代人的兴衰。托尔斯泰和本涅特一样，有勇气向我们展示人会腐朽衰败的事实，而尼古拉和娜塔莎的部分衰败比康斯坦斯和索菲娅的完全衰败更惊心动魄：我们自己心中的青春似乎有更大一部分随之死去了。那为什么《战争与和平》不令人感觉沮丧呢？也许是因为这本书不仅在空间中扩展，更在时间上延伸，而在让我们感到恐惧之前，空间感总是令人兴奋的，并且能够产生音乐般的效果。刚开始读《战争与和平》，你会感到雄伟的和弦开始响起，可究竟是什么东西拨动了琴弦，却又说不清楚。它们不是从故事中产生的，尽管托尔斯泰和司各特一样，对故事接下来的发展充满兴趣，也和本涅特一样真诚。它们既不是来自情节，也不是来自角色。它们来自俄罗斯广袤大地上那些数不尽的桥梁、冰冻河流、森林、道路、花园和田地，情节和人物不过是小小添头，在读到这些壮丽景观之时，我们自然会受到极大震撼。许多小说家都对描写地域有些感觉——比如《五个城镇》《奥尔德·里基》，等等，但很少有人有空间感，在托尔斯泰的超凡技艺中，空间感绝对名列前茅。空间是《战争与和平》的主宰，而不是时间。

用一句话给故事下个定论，那就是故事是声音的再现。因此，小说家的作品才会要求大声朗读，它不像大多数散文那样吸引人的眼球，而是吸引人的耳朵。这与雄辩术确实有很多共同之处。它不提供旋律或节奏。可对于这两者，虽然听起来有些奇怪，但眼睛是能够感知得到的。当一段文字或对白的声音具有审美价值时，我们的眼睛可以轻易地感知到它们，并传递到大脑进行享受。是的，我们甚至可以将它们放大，以便我们比听人朗诵时更快地理解它们，就像有些人看乐谱的速度比在钢琴上敲击乐谱的速度更快一样。但每个人眼睛捕捉声音的速度并不一样快。《古董商》的开篇首句谈不上什么音律之美，但如果不大声朗读出来，我们就会遗漏一些东西。我们的思想会默默地与沃尔特·司各特的思想交流，但受益有限。故事除了让人目不暇接的事件，还因为与声音的密切联系而有了额外的含义。

额外的含义并不多，它也并不会揭示像作

家个性这样重要的事情。作家的个性——前提是有的话——会通过更高尚的媒介传达出来，比如人物、情节或他对生活的评论。故事所拥有的特殊能力唯一能做的就是把我们从读者变成听众，聆听“某人”的声音，聆听部落讲故事之人的声音，他蹲在洞穴中央，一个接一个地讲着故事，直到观众在他们吃剩的骨头和内脏之间缓缓睡去。故事是原始的，它可以追溯到文学的起源，在阅读被发现之前，它早已吸引着我们内心最原始的欲望。这就是为什么说起我们自己喜欢的故事，就毫无道理可言，对于别有所好的人，我们又时刻准备攻击。比如，人们嘲笑我喜欢《瑞士罗宾逊一家》时，我会很生气，我也希望我讲了那么多司各特已经惹恼了在座一些人！想必大家已经明白了我的意思。故事所创造的就是水火不容的氛围。故事与道德无关，也对我们理解小说其他方面毫无裨益。要想有所理解，就得先走出洞穴。

不过我们暂时先不用走出来，先观察一下

另外一种生活——价值生活——是如何从四面八方压迫着小说的，是如何填充进去并扭曲了小说面貌的，是如何给小说带来人物、情节、幻想、宇宙观的，可以说是不断追问“然后呢……然后呢？”之外的所有其他方面，而这是我们讲到现在唯一的收获了。时间生活实在有太多低级的层面，而且流于表面，以至于自然而然出现一个问题：小说家能否就此将它从作品中剔除，恰逢神秘主义者声称已经将其从自己的经验中根除了，只关注光辉灿烂的价值生活？

还真有那么一位小说家做过如此尝试，虽然最终失败了，但给后人带来了启发，他就是格特鲁德·斯坦因[①]。与艾米莉·勃朗特、斯特恩或普鲁斯特相比，格特鲁德·斯坦因更进一步，她干脆打碎了自己的钟，把钟的碎片像奥西里斯的四肢一样散落在世界各地。她这样做不是出于顽

---

① 格特鲁德·斯坦因（Gertrude Stein，1874—1946）：犹太人，美国小说家、诗人、剧作家，致力于语言文字的创新，对20世纪上半叶的文学艺术革新起到了关键的推动作用。

皮，而是出于高尚的动机：她希望将小说从时间的暴政中解放出来，并在其中只以价值来表达生活。她失败了，因为小说一旦脱离时间，就根本无法表达任何东西，而在她后来的作品中，我们可以看到她写作水平不断下滑的斜坡。她想完全剔除故事的这一方面，根除故事中的时间顺序，我是真心佩服她敢这么做的。要实现这一点，她就必须取消句子之间的顺序，进而取消字词之间的顺序，这就意味着单词中字母或者声音的顺序也必须消除。这条路根本走不通。虽然如此，但她的实验没有任何值得被嘲笑的地方。像这样放开了尝试一次，总比改写一遍《维弗利故事集》来得更有意义，即使这样的实验注定失败。时间顺序一旦被打破，就必将产生一系列毁灭性的后果。一味表达价值的小说只会变得晦涩难懂，毫无价值。

这就是为什么我必须请你和我一起用正确的语调重复本次讲座开始时的那句话。不要像一个公交车司机那样含糊其词、脾气暴躁，因为你没有这种权利；也不要像高尔夫球手那样轻快而咄咄逼人，因为你比他们懂事多了。说的时候稍带伤感就对了。是啊——天哪，对——小说是讲故事的。

三、人物（上）

讲完了小说最简单基本的一面“故事”，接下来就可以转向一个更有趣的话题：角色。我们不需要再问接下来发生了什么，而是问这件事发生在谁身上。小说家将吸引我们的智慧和想象力，而不仅仅是我们的好奇心。他们的声音中强调着一个新的重点：价值。

由于故事中的角色通常都是人，因此为了方便起见，我们干脆将这一方面称为“人物”。其他动物也有出场，但刻画成功的极少，因为我们对它们的心理了解得非常少。也许未来这种情况会有所改变，类似小说家过去如何描写野蛮人的变化。也许如今吉卜林笔下的狼群和两百年后文学作品中的狼群之间的鸿沟正如“星期五”[①]与巴图阿拉[②]之间的鸿沟，届时动物角色不再只是象征意义的，既不是小人物的伪装，也不像动来动去的四条腿桌子，更不像飞起的画纸片。这也是科学丰富小说的途径之一：为其提供新鲜题材。不过目前我们暂时还没得到帮助，所以在帮助到来之前，我们可以说故事里的角色是——或者装作是——人类。

由于小说家也是人，所以他和他的主题之间有一种在许多其他艺术形式中都不存在的亲和力。尽管历史学家与“人”这个主题也有联系，但绝不是非常密切。画家和雕塑家不需要和“人”联系在一起，也就是说，除非愿意，否则

① 丹尼尔·笛福所著的《鲁滨逊漂流记》中主人公的仆人，鲁滨逊用救起他的日期起的名字。

② 法国黑人作家、诗人勒内·马朗（René Maran，1887—1960）的小说《巴图阿拉》（*Batouala*）中的主人公。

他们不需要代表人类，更不用说诗人了。而音乐家除非有节目说明单的帮助，否则即使他想这么做，也无法代表人类。小说家与他的许多艺术界同僚不同，他用大量的词来粗略地描述自己（至于如何精确描述就得看后来者了），给他们起名字、划分性别，给他们一些看上去合理的动作，并让他们用引号开口说话，心情好的话，也许会让他们言行一致。这些大量的词语就堆成了他笔下的人物。他们当然不会平淡无奇地出现在他的脑海，他们可能是在极度兴奋中产生的。尽管如此，他们的本性受到小说家对他人和自己的猜测所制约，并受到他作品其他方面的进一步限制。对于最后一点，人物与小说其他方面的关系将成为未来研究的主题。不过目前，我们还忙着分析他们与现实生活的关系。小说中的人和小说家、你、我或维多利亚女王这样的人有什么区别?

不同点肯定是有的。如果小说中的一个角色与维多利亚女王完全相似，那么她实际上就是维多利亚女王了，而这部小说——或者与这个角色有关的所有内容——都变成了回忆录。回忆录是真实历史，它需要事实证据的支撑。而小说则是事实加上或减去一个未知数，这个未知数的大小取决于小说家的脾性，而这个未知数往往会改变事实呈现出的结果，甚至完全颠倒黑白。

历史学家研究的是行动，而对于小说人物，他最多只能通过其行动推断其性格特征。他和小说家一样，只关注人物性格，但只有在人物性格流于表面时才知道其存在。如果维多利亚女王没有明确说“我不开心”，与她同桌就餐的人就不会知道她不开心，她的厌倦也永远不会为公众所知。也许她会皱眉，这样他们就会从她的表情和动作中推断出她的状态，这也可以成为历史的证据。但如果她不动声色，谁能知道呢？毕竟别人是看不到一个人的内心活动的，表现在外的活动就已经不是“内心”活动了，而是进入了行动的领域。小说家的职责是从源头揭示内心活动：向我们讲述更多关于维多利亚女王的故事，从而塑造出一个与历史上的维多利亚女王不同的人物。

对此，一位笔名为阿兰[①]、有趣而敏锐的法国评论家发表了一些稍显天马行空，但的确一针见血的评论。他走得太远了，但淹得没有我那么深，也许我和他可以一起游向岸边。阿兰依次考察了各种形式的审美活动，当轮到小说（le roman）时，他断言每个人都有两面，各自适合历史和小说。在一个人身上可以观察到的一切，也就是说，他的行为以及从他的行为中可以推断出的精神存在都属于历史的范畴。但他的幻想或浪漫的一面（sa partie romanesque ou romantique）包括“纯粹的激情，也就是说，因礼貌或羞耻而使他无法启齿的梦想、欢乐、悲伤和自省”。表达人性的这一面是小说的主要功能之一。“小说中虚构的与其说是故事，不如说是思想发展为行动的方法，这是日常生活中从未出现过的方法……历史以外部原因为重点，被宿命的概念所

---

① 即埃米尔·奥古斯特·沙尔捷（Emile Auguste Chartier，1868—1951），笔名阿兰（Alain），法国哲学家、记者、和平主义者。

支配，而小说中没有宿命。在那里，一切都建立在人性之上，主导的感觉意味着万事万物均有意图，甚至激情与犯罪，甚至苦难。”①

这不过是兜了个圈子，把连英国小学生都知道的事说了出来：历史学家负责记录，而小说家负责创造。当然这么说肯定是有好处的，因为它揭示了日常生活中的人和书中人物之间的根本区别。在日常生活中，我们从不了解彼此，既不存在完全的洞察，也不存在彻底的忏悔。我们只能通过外在迹象大致了解对方，这些迹象足以作为社交甚至亲密关系的基础。但如果小说家愿意，读者可以完全了解小说中的人物，他们的内在和外在生活都可以完全暴露在读者面前。这就是为什么他们往往比历史上的人物甚至我们身边的朋友更清晰。所有能写得出来的事情，我们都已完全了解。就算不完

① 摘译自《美术的体系》（*Système des Beaux Arts*），第314～315页。感谢M.安德烈·莫洛亚（M. André Maurois）为我推荐了这部令我备受启发的作品。——原注

美或不真实，但至少不包含任何秘密，而我们身边的朋友却必须心怀秘密，相互留有隐私是人们在地球上生存的条件之一。

现在，让我们用一种更像小学生的直白方式重述一遍这个问题：你和我都是人。难道我们不应该重新审视一下自己生活中的主要事实吗——不是在我们的职业生涯中，而是在我们作为人类的特质中？这样，我们才能有一个明确的论点。

人类生活中的主要事实有五项：生、食、眠、爱、死。或许有的人会说还有别的事实，比如呼吸，但这五项是最明显的。让我们简单问问自己，这几项在我们的生活中扮演什么角色，在小说中又扮演什么角色。小说家是倾向准确地再现人物形象，还是倾向夸大、贬低、忽略和展示人物形象？尽管这些角色同样有名有姓，但经历的过程是否与你我不同？

首先考虑两个最有意思的问题：生和死。有意思的是，它们既是我们的经历，但我们又未曾经历。我们只通过听闻或记录了解它们。我们都经历过出生，但我们无法回忆起当时的情景。有生就有死，但同样，我们也不知道死亡是什么感觉。我们人生最后一次经历和第一次一样，都是推测出来的。我们一生的两端都是一片漆黑。某些人自认为可以告诉我们出生和死亡是什么样的。例如，母亲对于孩子出生有自己的观点，医生和宗教人士对这两者也都有自己的观点。但这一切观点都来自外部，而最可能启发我们的两个实体——婴儿和尸体——却又没办法开口说话，毕竟他们用来交流感受的器官与我们用来接收感受的器官不在同一个层面上。

因此，我们不妨想象，人是从一段已经忘却的经历开始生活，然后以一段自己一定会体验但无法理解的经历结束生活。这些都是小说家意欲将其作为人物引入书中的造物，或者说类似的造物。只要小说家想，他就有权记住并理解一切。他了解所有人物的内心活动。他会从角色出生多久后开始描写他们，又会随着他们走向多接近坟墓的地方？对于这两次有意思的经历，他会说什么，或者让读者感觉到什么？

然后是饮食。这个给人类机体不断填补燃料维持生命之火的过程在出生前就已经开始，之后由母亲接力，最后由个体自己接管，日复一日地将各种各样的物体放进脸上的洞里，而不会感到惊讶或厌烦：食物是已知与遗忘之间的纽带，与我们都不记得的出生有着密切的联系，又延续到今天早上我们吃的早餐。就像睡眠——它在许多方面与饮食类似，饮食不仅能恢复我们的体力，它还具有审美的一面，我们可以尝出味道好坏。对于这种具有两面性的东西，书里会怎么写？

接着是睡眠。平均来说，我们大约三分之一的时间没有花在社会或文明中，甚至没有花在通常所说的独处中。我们进入了一个对其了解甚少的世界，而在离开这个世界后，我们会觉得这个世界一部分被遗忘了，一部分是对现实世界的夸张表现，还有一部分就像启示录。我们醒来时会说“我什么都没梦见”“我梦见了梯子”或“我梦见了天堂”。我不想讨论睡眠和梦的本质，只想指出睡眠和梦占用了我们很多时间，而所谓的“历史”只占人类生命周期的三分之二，并据此进行理论推导。小说是否采取了类似的态度？

最后是爱。我用这个最著名的词，表达的是最宽泛、最沉闷的意义。首先，让我来客观、简短地表述一下性。人类出生若干年后，会发生某些变化，就像其他动物一样，这些变化往往会导致与另一个人的结合，并诞生更多人类。我们的种族就是如此繁衍的。性在青春期之前就已萌芽，一直到人无法生育都还存在，说是与我们的生命同始共终也不为过，尽管在婚配年龄，它对社会的影响更为明显。除了性，还有其他情感也在推动我们走向成熟：各种令人振奋的精神生活，如亲情、友谊、爱国之情、神秘主义，一旦我们试图确定性与其他这些情感之间的关系，我们就免不了会像对沃尔特·司各特的话题一样争论不休，甚至可能更加激烈。在这儿，我只罗列一下各种观点吧。有人说，比起其他的爱——爱朋友、爱上帝、爱国家，性是最基本的爱；有人说，它与其他爱相互关联，但处于同一水平，而非它们的根源；还有人说，各种爱之间没有任何关系；要我说，不如将所有这些情感都称为爱，并将其视为人类这一生无法避免的第五大体验。人类产生爱的时候就想索取，但同时会尝试付出，这种双重目标使爱比食物或睡眠更复杂。它既自私，又利他，其中一方投入再多，也不会削弱另一方。爱占用了我们多长时间？这个问题听起来有些粗鲁，但不得不提出来，因为它关乎我们眼前的问题。二十四小时中，睡眠大约需要八个小时，饮食大约需要两个小时。不如也给爱两个小时吧？这数目足够可观了。爱可以交织在其他活动中——睡意和饥饿也是如此。爱可能会引发各种次要的活动，例如，一个人对家庭的爱可能会让他在证券交易所花很多时间，或者他对上帝的爱会让他花很多时间在教堂里。但是，要说他每天都要与心爱的对象进行超过两个小时的情感交流，这就值得商榷了，正是这种情感交流，这种给予和索取的欲望，这种慷慨和期望的混合，将爱与我们清单上的其他经历区分开来。

这就是人类的特质——或者说其中一部分。小说家自己就是这样的凡人，他拿着笔，进入一种称为“灵感”的状态，并试图塑造人物。也许人物不得不在小说中遇到其他经历，这种情况经常发生（亨利·詹姆斯的作品尤为典型），然后人物相应地改变自己的特质。然而，现在我们分析的是一个更普遍的例子，即小说家的主要激情在人类身上普遍存在，他们会为自己的故事、情节、形式和偶然事件的美感而做出巨大牺牲。

那么，在什么意义上，小说里的国度与现实的国度有所不同？这不是几句话就能说得清的，因为它们在科学意义上毫无共同之处，例如，他们不需要有腺体，而现实所有人类都有腺体。不过，尽管没有严格的定义，但他们的行为往往是有迹可循的。

首先，他们来到这个世界上的方式更像是一件包裹，而不是人类。当小说中讲到婴儿时，通常会有一种被邮寄过来的感觉。它是“关机状态”，直到一位年长的人物走过去，拿起它给读者看，过后将它放在冷藏室中，直到它“长”到能说话的年纪或可能以其他方式协助剧情发展。这种做法和其他所有偏离现实惯例的做法一样，是好坏参半的，这一点我们稍后再谈。需要注意的是，小说世界中增添人口的方式实在是目的性太强。从斯特恩到詹姆斯·乔伊斯，几乎没有一位作家试图描写出生的事实，也没有杜撰出一套新的事实，除了以一种婆婆妈妈的方式出现，没有谁试图追溯婴儿的心理，并利用其中必然蕴含的文学财富。也许确实无法做到，不过我们稍后再下结论吧。

再说死亡。相对而言，小说家对死亡的处理更多地依赖观察，描写方式多种多样，由此可见，他们觉得描写死亡更趁手。之所以如此，是因为死亡可以完美地结束一本书，此外还有一个不太明显的原因，那就是从已知走向黑暗比从出生的黑暗走向已知更容易把控。当笔下的人物死去时，小说家对他们的了解已经很深，既能顺水推舟给出合理的结尾，也能天马行空来个意外。举一个小例子——《巴塞特的最后纪事》[1]中普劳迪夫人的死。一切都正常进行，但呈现出的效果却十分可怕，因为特罗洛普曾安排普劳迪夫人在教区小路上溜达过无数次，展示她的步伐，让她大步流星，我们对此都已经习以为常，甚至到了厌烦的程度。特罗洛普还让我们慢慢熟悉她的性格和小把戏，熟悉她那句“主教，关心一下人们的灵魂吧”，然后让她在床边心脏病发作，告诉我们，她已经溜达得够远了，这就是普劳迪太太的结局。对于“日常死亡”的一切特征，小说家基本都可以予取予求，只要拿过来用，便都能发明出有利可图的东西。黑暗的大门向他敞开，他甚至可以跟随他的角色穿过黑暗，前提是他充满想象力，并且不会给我们带回那些关于“往生”的零星信息。

---

① 《巴塞特的最后纪事》（*The Last Chronicle of Barset*）：特罗洛普的长篇小说。

那么清单上的第三个事实——食物呢？小说中的食物主要起社交功能。它吸引人物聚在一起，但他们很少在生理上需要它，也很少享受其中。此外，除非有特别要求，否则从不需要消化。他们渴望彼此，就像我们在生活中一样，但我们同样对早餐和午餐的渴望并没有得到体现。即使是诗歌，至少在食物的美学方面也做了比小说更多的研究。弥尔顿[①]和济慈[②]都比乔治·梅雷迪思更会描写吞咽食物的感受。

睡眠同样是敷衍了事。从没有作家试图探索被遗忘的梦境或真实的梦境世界。梦要么是有逻辑的，要么是由过去和未来的碎片拼接而成的模糊图景。小说中只要描写梦境，就一定有目的，这个目的并非用来体现人物的一生，而是他清醒时的那部分生活。他从未被认为是一个三分之一的生命都在黑暗中度过的生物。这就是历史学家

① 即约翰·弥尔顿（John Milton，1608—1674），英国诗人，被称为英国文学史上伟大的六位诗人之一。

② 即约翰·济慈（John Keats，1795—1821），英国诗人，浪漫派的主要成员。

只局限于白天的视野，小说家在别处倒是能够避免。为什么他不去理解或重建睡眠？别忘了，他有发明的权利，我们也知道他什么时候是真正地在发明，因为他的激情足够让我们去相信不可能的事。可他既没有复制睡眠，也没有创造睡眠。睡眠不过是一团迷雾。

爱。大家都知道，小说中爱这个话题是多么有分量。也许你们会同意我的观点，那就是爱伤害了小说，使小说变得单调乏味。为什么这种特殊的体验——尤其在性方面——会以如此巨大的体量出现在小说中？如果让你随便想一本小说，你八成会想到一对男女的爱情，他们想要团聚，也许最后会成功。可如果让你大概回忆一下自己的生活或者一群人的生活，那脑海里浮现的画面就截然不同、复杂得多了。

似乎有两个原因可以解释为什么爱情即使是在优秀小说中，也显得过于突出。

首先，当小说家停止设计并开始创作角色时，爱在他心目中就变得重要起来。因此，他会不由自主地让笔下角色对爱过度敏感，之所以说“过度”，是因为在日常生活中，爱不会带来那么多问题。即使是像菲尔丁[1]这样被称为“笔风浑厚”的作家，人物之间也始终保持着对彼此的敏感，这一点实在是非同寻常，与现实生活的情况大相径庭，除了那些实在闲得没事干的人。激情是瞬间的强烈情感，而不是这种持续不断的意识，这种无休止的纠缠，这种无止境的饥渴。我相信，这些都是小说家写作时自己心境的反映，而小说中爱情之所以能占据主导地位，也是因为这一点。

现在来说第二个原因。这在逻辑上属于讲座里的另一个话题了，但在这里需要讲一讲。爱情和死亡一样，深受小说家喜爱，因为它能方便地结束一本书。小说家很容易写出天长地久的爱情，他的读者也很容易就默认这一点，因为人们对爱情的一种幻想就是它会天长地久。但以前没

① 即亨利·菲尔丁（Henry Fielding，1707—1754），杰出的英国小说家、戏剧家。

有这样的爱情，以后也不会有。所有的历史、所有的经验都告诉我们，没有一种人际关系是永恒的，它和构成它的生物一样不稳定，如果要保持这种关系，人们必须像杂技师一样保持平衡。如果它真的永恒不变，它就不再是一种人际关系，而成了一种社会习惯，重点也从爱情转移到了婚姻。所有这些我们心里都清楚，但我们无法忍受用自己苦涩的认知去给未来定下基调。未来一定会不一样才对。我们一定会遇到完美的另一半，或者现在的另一半会变得完美。不会产生任何变故，也不需要未雨绸缪。我们将永远幸福，甚至可能永远痛苦。任何强烈的情感都会带来地久天长的幻觉，小说家们抓住了这一点。他们通常以婚姻结束故事，而我们并不反对，因为这本就是他们从我们这儿借走的梦想。

在此，我们必须结束对智人和虚构人这两个相关物种的比较了。虚构人比他的近亲更难以捉摸，他是在成百上千个不同的小说家的头脑中创造出来的，这些小说家的构思方法相互矛盾，所以我们不能一概而论。不过，关于他，我们还是可以说点什么的。他通常是天生的，死后也可能依然存在，他几乎不需要食物或睡眠，不知疲倦地忙于人际关系。最重要的是，我们对他的了解可能比对其他任何生物的了解都多，因为他的创造者和叙述者是一体的。如果我们具备了夸张的能力，可能会惊呼："如果上帝可以讲述宇宙的故事，那么宇宙将会变成虚构的。"

因为这就是写小说的法则。

经过这番深度剖析以后，让我们来选取一位简单一些的人物进行分析。摩尔·弗兰德斯[①]就不错。她充斥在那本以她命名的小说里的每个角落，或者更确切地说，那本书只围绕着她一个人，就像公园里一棵孤零零的大树，我们不管从哪个角度都看得到她，不受周围植物的干扰。笛福在讲一个故事，就像司各特一样，我们会发现，书中到处都是散落的线索，以便作者在后文

① 丹尼尔·笛福的小说《摩尔·弗兰德斯》（*Moll Flanders*）中的女主人公。

想用的时候可以揭开伏笔，比如，摩尔早年那群孩子。不过司各特与笛福之间并无更多相同之处了。笛福感兴趣的是女主人公，他写书自然是从她的性格出发的。在一个男人的引诱下，她嫁给了此人的兄长，结果她早年本来前途光明的职业生涯因为嫁人戛然而止。她并没有选择堕落为娼，因为她刚直正派，从心底厌恶这个职业。她和笛福笔下的大多数角色一样，对朋友忠诚关爱，愿意为了挽救和朋友的感情铤而走险。他们善良的本性总能打破作者理性枷锁的束缚，这想必与笛福本人早年在新门监狱的经历有关。我们不了解他经历了什么，甚至他自己事后也不明白，因为他一直忙于撰写新闻稿，同时保持积极的政治活动。总之他在监狱里遇到了一些事情，出于这种模糊而强烈的情感，摩尔和罗克珊娜[1]诞生了。摩尔是一个能够跃然纸上的角色，四肢结实丰满，当过妓女，偷窃本事也很了得。她并不依仗自己的外表，可她在一举一动间仿佛有了

① 丹尼尔·笛福的小说《罗克珊娜》（*Roxana*）中的女主人公。

真实的身高和体重，可以呼吸和进食，做了很多其他小说中不会描写的事情。她早年靠嫁人为业，结了三四次婚，后来发现其中一位丈夫是自己的亲哥哥。她和几任丈夫在一起时都很幸福，他们也都对她很好。听一听她其中一位布商丈夫带她去旅行的一段愉快经历吧——她从来都不怎么关心他。

“来吧，亲爱的，”有一天他对我说，“我们去乡下转一圈好吗？”“啊，亲爱的，”我说，“你想去哪儿？”“我不在乎去哪里，”他说，“但我想在这一个星期里打扮成贵族。我们去牛津吧。”“那么，”我说，“我们怎么去？我骑不来马，坐马车又太远了。”“远？”他说，“坐六匹大马拉的车，去哪儿都不远。跟我一起去，你可以像公爵夫人一样旅行。”“哼，”我说，“亲爱的，你真是瞎胡闹。但如果你有这个心思，我就随你。”

时间敲定好了，我们租了辆奢华的马车和几

匹高大健美的良马，雇了车夫和驭马人，以及两个穿着讲究的仆人，还找了一位骑马的绅士，一位帽子上插着羽毛的侍童坐在另一匹马上。仆人们"爵爷、爵爷"地喊着，路上旅店的老板自然也如此称呼，我则当上了公爵夫人。

我们就这样一路到了牛津，旅途非常愉快。得给我丈夫说句公道话，他算是乞丐里最会当领主的了。我们在牛津看到了一大堆稀罕事物，与两三位学院院士谈笑风生，说是如今有个侄子被托付给爵爷照顾，要送来大学让几位院士当导师。我们还和其他几位穷学者开玩笑，许下承诺让他们以后至少在爵爷家里当个牧师，并戴上正儿八经的牧师披巾。我们在牛津像模像样地住了几天，花钱如贵族，然后又去了北安普敦，总之闲游乱逛了十二天才回家，总共花了九十三英镑。

与此形成鲜明对比的是她与自己深爱的来自兰开夏郡的丈夫的情节。他是个公路劫犯，二人都假扮富有，这才骗得另一方以身相许。结果婚礼仪式结束，两人就原形毕露。如果笛福是机械式写作，他会让两人撕破脸皮互相指责，就像狄更斯那本《我们共同的朋友》中的拉姆莱夫妇一样，但他将自己的幽默感和是非观融入了女主人公身上，她反而开始开导丈夫。

“说实话，”我对他说，“我发现你很快就能俘获我的心。我现在很苦恼，因为我无法让你看出我很轻易就会原谅你，忘记你对我施展的一切阴谋诡计，以此来报答你开的这个天大玩笑。但是，亲爱的，”我接着说，“我们现在还能怎么办呢？我俩都玩儿完了，就算我们相互谅解了，可眼下身无分文，我们靠什么过活？”

我们想了很多出路，但一条也走不通，因为我们连起步的资本都没有。最后他恳求我别再说这事了，再说下去他心都要碎了。于是我们聊了会儿别的事情，最后他像个真丈夫一样与我说了晚安，我们就睡觉了。

这比狄更斯的作品更贴近日常生活，读起来也更愉快。这对夫妇面临的是现实，而不是作者的道德理论，他们都是心地善良的泼皮，所以闹不出什么风波来。在她讨生活生涯的后期，她从找丈夫改为当小偷，自己觉得走了下坡路，所以整个氛围笼罩着一层阴郁感。但她还是一如既往地坚定和有趣。有一次，她从上完舞蹈课回家的小女孩那儿抢走一条金项链，而她之后的反应可谓贴切实际。这件事发生在通往史密斯菲尔德圣巴塞洛缪教堂的小通道里（今天你也可以去参观此地），她当时一时冲动，本想杀死这个孩子。最后她没有这么做，这股冲动来得快，去得也快。可她又想到这孩子面临的风险，不禁对孩子的父母感到十分气愤，因为“他们居然让这么个可怜的小羊羔自己回家，这次算是给个教训，让他们以后好好照顾她”。这要是换作现代心理学家，不知道要花多大气力，用多少自命不凡的字眼儿，才能把这点心思给表达出来！但在笛福笔下，它自然而然地成形了。还有另一段，摩尔欺骗了一个人，还大大方方地言明他受骗了，结果深为其优雅良好的风度打动，不忍心再欺骗他。无论她做什么，我总是感到震惊——不是精神上的震动，而是觉得她真的太像一个活生生的人了。虽然我们会嘲笑她，可对她既无怨怼，也不会蔑视，因为她并非伪君子，也不是个蠢人。

在书的结尾，她被一家布艺店柜台后面的两位年轻女士抓了现行："我本想对她们说好话，但已经由不得我了。两条喷火的龙也比不过她们此刻的怒火。"——她们报了警，她被逮捕并判处死刑，又改判被送往弗吉尼亚州流放。不幸的乌云以极快的速度笼罩着天空。这趟旅程非常愉快，多亏了当初教她偷东西的老妇人照应她。而且（更好的是）她那位来自兰开夏郡的丈夫也有可能被流放至此。他们到了弗吉尼亚州，结果发现她那个亲哥哥丈夫早就在此地落地生根了。她隐瞒了此事，后来他死了，而兰开夏郡的丈夫又责怪她欺瞒自己，但好在没有其他怨言，因为他和她仍然相爱。然后，整本书就这么圆满落幕，正如开头的一句话一样，女主人公的声音响起：“我们决心在余下的岁月里为我们所过的罪恶生活真诚地忏悔。”

她的忏悔是真诚的，只有肤浅的法官才会谴责她虚伪。以她的天性，很容易将做错事和被抓现行混为一谈——受到一两次判决时，她稍微分清楚了一段时间，但日子过着过着，她就又搞混了，因此她才那么像一个伦敦佬，才那么单纯朴素。“人活着不就这样”便是她的生活哲学，对于她来说，新门监狱就是地狱。如果我们强迫她或她的创作者笛福说：“来吧，说实话。你相信永生吗？”他们会说（用他们这类人在现代代表的话说）：“当然相信了，你把我当成什么了？”——如此对信仰的坦诚，反而比任何形式的否认更彻底地关上了去往永生的大门。

我之所以举《摩尔·弗兰德斯》这个例子，就是想说明在这类小说中，人物本身就是一切，拥有最自由的行动权。笛福试图以亲哥哥丈夫为中心写一段剧情，但写得太敷衍。而她的合法丈夫（带她去牛津旅行的那个丈夫）就这样消失了，再也没有只言片语。除了女主角，其他都不重要，她像一棵树一样站在一片空地上，从每个角度来看，她都是真实的。此时我们必须问问自己，如果在日常生活中遇到她，能不能认得出来。因为这是我们仍在考虑的问题：生活中的人和小说中的人之间有什么差异？奇怪的是，即使我们把像摩尔这样自然的并非只在理论上存在的人物塑造得在每一个细节上都与日常生活相吻合，也无法在现实生活中找到她这样的人。假设我突然不用演讲的口吻，而是用平时说话的口吻对大家说："注意——我看到观众里有位摩尔——注意了，某某先生——她就坐在你身边，瞧好兜里的怀表。"那大家立刻就会知道我在胡说，因为我不但违背了概率论——这倒不重要，还打破了日常生活和小说之间的鸿沟。如果我说："当心，观众席里有位很像摩尔的人。"虽然大家八成还是不会相信我，但至少不会觉得我是个蠢货，纯为寻各位开心了：我仅仅只是违背了概率论而已。如果说摩尔今天下午就在剑桥，或者在英国的任何地方，或者曾在英国的任何地方出现过，那就太愚蠢了。为什么？

对于这个问题，下周我们将讨论更复杂的小说，小说中的人物必须与小说的其他方面相契合，届时这个问题就很好回答了。到时候我们就能给出一个符合常理的答案，在所有文学小册子中都能找到，在考试中也应该如此回答。大意就是，小说是一件艺术作品，有它自己的规律，与日常生活的规律完全不同，小说中的人物在按照这样的规律生活时就是真实的。然后我们会说，阿米莉亚[①]和爱玛不能参加本次讲座，因为她们只存在于以她们名字命名的小说中，只存在于菲尔丁或简·奥斯汀的世界中。艺术的屏障将她们与我们区分开来。她们之所以真实，不是因为她们像我们（尽管确实像我们），而是因为她们令

① 亨利·菲尔丁的小说《阿米莉亚》（*Amelia*）中的主人公。

《德伯家的苔丝》（*Tess of the D'Urbervilles*）：英国诗人、小说家托马斯·哈代（Thomas Hardy，1840—1928）代表作品，此外还有《还乡》（*The Return of the Native*）等作品。

《林地居民》（*The Woodlanders*）：托马斯·哈代的“威塞克斯小说”之一，“威塞克斯小说”是哈代的系列小说总题名，该系列包括14部小说，以英国南部威塞克斯地区为背景，展示了英国农村的景象。

《司号长》（*The Trumpet Major*）：托马斯·哈代创作于1880年，以拿破仑战争为背景的历史小说。

《无名的裘德》（*Jude the Obscure*）：托马斯·哈代创作的最后一部长篇小说，以悲怆的笔调叙述了乡村青年裘德悲剧的一生。

《克兰福德》（*Cranford*）：作者是英国作家伊丽莎白·盖斯凯尔（Elizabeth Gaskell，1810—1865），描写了英格兰西北部一个普通城镇的生活。

《中洛辛郡的心脏》（*The Heart of Midlothian*）：作者是英国著名历史小说家沃尔特·司各特（Walter Scott，1771—1832），是一部描写苏格兰历史的长篇小说。

《兰默摩尔的新娘》（*Bride of Lammermoor*）：沃尔特·司各特的小说，讲述了一个爱情悲剧。

《阿米莉亚》（*Amelia*）：作者是亨利·菲尔丁（Henry Fielding，1707—1754），18 世纪英国启蒙运动的代表人物之一，小说家、戏剧家，被沃尔特·司各特称为“英国小说之父”。

《巴塞特的最后纪事》（*The Last Chronicle of Barset*）：英国作家安东尼·特罗洛普（Anthony Trollope，1815—1882）的长篇小说。

《索恩医生》（*Dr.Thorne*）：安东尼·特罗洛普创作的系列小说。

《爱玛》（*Emma*）：英国女作家简·奥斯汀（Jane Austen，1775—1817）创作的长篇小说，其代表作有《傲慢与偏见》（*Pride and Prejudice*）、《理智与情感》（*Sense and Sensibility*）、《曼斯菲尔德庄园》（*Mansfield Park*）等。

《劝导》（*Persuasion*）：简·奥斯汀创作的长篇小说，首次出版于1818年，讲述了一对青年男女历经磨难、终成正果的曲折爱情故事。

《名利场》（*Vanity Fair*）：19世纪英国批判现实主义作家萨克雷（威廉·梅克比斯·萨克雷，William Makepeace Thackeray，1811—1863）的第一部长篇小说，为维多利亚时代的代表小说家。

《亨利·埃斯蒙德的历史》（*The History of Henry Esmond*）：是一部历史小说，以18世纪初英国对外战争和保王党的复辟活动为背景。萨克雷采用了现实主义的创作方法。

《白鲸》（*Moby Dick*）：美国小说家赫尔曼·梅尔维尔（Herman Melville，1819—1891）于1851年发表的一篇海洋题材的长篇小说，描写了亚哈船长为了追逐并杀死白鲸莫比·迪克，最终与其同归于尽的故事。

《追忆逝水年华》（*A la recherche du temps perdu*）：法国小说家、意识流文学大师马塞尔·普鲁斯特（Marcel Proust，1871—1922）的代表作品。

《摩尔·弗兰德斯》（*Moll Flanders*）：丹尼尔·笛福的长篇小说，以第一人称的手法书写，极具震撼力。被弗吉尼亚·伍尔夫誉为“英国不多的伟大小说之一”。

《瘟疫年纪事》（*The Journal of the Plague*）：丹尼尔·笛福的长篇小说，描述了1665年大瘟疫袭击下的伦敦城。

《罗克珊娜》（*Roxana*）：丹尼尔·笛福于1724年出版的最后一部长篇小说。

《朱莱卡·多布森》：全名为《朱莱卡·多布森：牛津情事》（*Zuleika Dobson , or An Oxford Love Story*），是英国作家马克斯·比尔博姆（Max Beerbohm，1872—1956）以爱德华时代的牛津大学为灵感所创作的一部幻想作品。

《拉塞拉斯》（*Rasselas*）：英国著名诗人、散文学家、批评家和词典编撰家塞缪尔·约翰逊（Samuel Johnson，1709—1784）所著的一部哲理小说。

《克拉丽莎·哈娄》（*Clarissa Harlowe*）：塞缪尔·理查逊（Samuel Richardson，1689—1761）创作的书信体小说，长达一百万字以上。

《帕梅拉》（*Pamela*）：塞缪尔·理查逊的一部书信体小说。

《尤利西斯》（*Ulysses*）：爱尔兰作家詹姆斯·乔伊斯（James Joyce，1882—1941）创作的长篇小说。

《一个青年艺术家的肖像》（*A Portrait of the Artistasa Young Man*）：乔伊斯首部意识流小说，有自传性质。

《绿厦》（*Green Mansions*）：英国作家威廉·亨利·赫德森（William Henry Hudson，1841—1922）所著的一部浪漫小说

推荐阅读

《天路历程》（*The Pilgrim's Progress*）：英国作家约翰·班扬（John Bunyan，1628—1688）创作的长篇小说。

《享乐主义者马里乌斯》（*Marius the Epicurean*）：英国作家沃尔特·佩特（Walter Pater，1839—1894）创作的一部注重内在冒险历程的哲理小说。

《幼子历险记》（*The Adventures of a Younger Son*）：爱德华·特劳利（Edward Trelawny，1792—1881）创作的一部半自传性小说。

《魔笛》（*The Magic Flute*）：英国学者戈兹沃西·洛斯·狄金森（Goldsworthy Lowes Dickinson，1862—1932）创作的幻想小说。

《墙上的斑点》（*The Mark on the Wall*）：作者是弗吉尼亚·伍尔夫（Virginia Woolf，1882—1941），英国女作家、文学批评家和文学理论家，意识流文学代表人物，被誉为20世纪现代主义与女性主义的先锋。

《鲁滨逊漂流记》（*The Adventures of Robinson Crusoe*）：英国作家丹尼尔·笛福（Daniel Defoe，1660—1731）的第一部长篇小说。

人信服。

这个答案很妙，我们也可以由此得出一些合理的结论。不过对《摩尔·弗兰德斯》这样的小说来说，这个答案就不尽如人意了，因为在这本书里，角色才是一切，可以为所欲为。我们希望得到一个不那么美学化、更具心理色彩的答案。为什么她不能在这里？她和我们之间的区别是什么？我们的答案已经在之前引用阿兰的那段话中得到了暗示：她不可能在这里，因为她属于一个内心生活可见的世界，属于一个不是也不可能是我们的世界，一个叙述者和创造者是一体的世界。现在，我们可以对书中的人物是否真实做出定义：当小说家对其了如指掌时，其才是真实的。他可能不会选择告诉我们他所知道的一切，许多事实，甚至可以称之为显而易见的事实都可能被他隐藏了起来。但他会给我们一种感觉：虽然未对这个角色加以解释，但其行为反应是说得通的，我们才能从中得到一种日常生活中永远无法得到的现实。

谈起人际交往，当我们审视它本身，而不是作为一种社交辅助手段来看待，确实有些骇人。我们无法理解彼此，至多不过流于粗浅表面。我们不能暴露自己的内心，就算是主动想这么做也不行。我们所说的亲密只是暂时凑合凑合罢了，知根知底只不过是一种幻觉。但在小说中，我们可以完美地认识一个人，除了阅读的一般乐趣，我们可以在这里找到对现实生活中阴暗遗憾的补偿。在这个层面，小说比历史更真实，因为它超越了事实，而我们每个人都从自己的经历中了解到，除了事实，还有更重要的东西，即使小说家没有正确理解和把握，他也已经尝试过了。他可以把笔下人物当成婴儿，他可以让他们不睡觉、不吃饭，他可以使他们沉浸于爱，只管去爱，除了爱，其他什么都不干，因为他似乎对这些人物知根知底，毕竟他们就是他的造物。这就是摩尔·弗兰德斯不能出现在这里的原因，也是阿米莉亚和爱玛不能出现在此的原因之一。他们的内心生活清晰地展现在我们面前，或者说有这个可能，但我们的内心生活则是完全隐秘的。

这就是为什么小说即使是写反派的，也能给我们带来安慰。小说描写的是更容易理解、更容易掌控的人类，从而给我们带来一种洞察秋毫、大权在握的感觉。

四、人物（下）

接下来，我们把话题从“转移”转向“适应”。我们已经讨论过是否可以把现实生活中的人物转移到小说里，那么反之，书中的人物是否可以走出来并坐在这个房间里？答案是否定的，这也引出了一个更重要的问题：在日常生活中，我们能相互理解吗？今天，我们要讨论的问题更加学术化了。我们关注角色与小说其他方面的关系。他们必须适应创作者的其他要求。

因此，我们将不再期望小说人物与现实人物

完全契合，而只是与之平行。当我们说简·奥斯汀笔下的一个角色，比如贝茨小姐，“形象跃然纸上”时，我们的意思是她的所有特征与现实人物的特征吻合，但把她作为一个整体来看，也就是一位我们在喝茶时遇到的健谈的老处女而已。贝茨小姐与海布里这个地方有着丝丝缕缕的联系。要把她抽出来，就不能不连带着她的母亲、简·费尔法克斯和弗兰克·丘吉尔，以及整个博克斯山，[①]而我们却能把摩尔·弗兰德斯抽出来，至少用作实验是没问题的。简·奥斯汀的小说要比笛福的小说更复杂，因为她笔下的人物是相互依存的，而且情节也很复杂。《爱玛》中的情节要素并不突出，贝茨小姐也对情节推动作用不大。尽管如此，她还是与主要角色密切相关，结果就是一团剪不断理还乱的织物。贝茨小姐和爱玛就像灌木丛中的两丛灌木，而不是像摩尔那样孤立的树木，修剪过灌木丛的人都知道，如果把单独几株灌木移植到其他地方，下场会多么糟

① 此处提到的人名、地名均出自《爱玛》（*Emma*）。

糕，而剩下的灌木丛又是多么难看。在大多数书中，人物无法自我发展，他们必须相互牵制。

我们应该已经明白，小说家需要处理很多复杂的要素。要按照“首先……然后……”的时间顺序讲故事，而且讲什么故事、怎么讲出个精彩的故事，各种题材数不胜数，可他偏爱写人性。他既要讲价值生活，也要讲时间生活。各色人物在需要时就会闪亮登场，可他们身上又闪耀着反叛精神。因为他们与现实人类有着无数的相似之处，他们也试图过自己的生活，因此他们经常与书中的主要情节产生冲突。他们会“逃跑”，会“脱离掌控”，他们是造物之中的造物，却又总是与之格格不入。如果给予他们最大的自由，他们恨不得把整本书撕成碎片，可要是束缚得太紧，他们就会报复性地死给你看，导致整部小说内部溃烂，毁于一旦。

这些考验也困扰着戏剧家，他还有另一套要素需要去应对，即男女演员们。演员有时与所扮演的角色很契合，有时又与整个戏剧相符合，但更多时候是这两者的死敌。他们所造成的影响简直无法估量，我真是想不通在他们出现后，居然还有艺术品能幸存下来。好在我们讨论的是较低级的艺术形式，不必担心，但顺便说一句，舞台上的戏剧就一定比书本上的戏剧好？而一群野心勃勃、紧张不安的男女演员登台表演，就一定会加深我们对莎士比亚和契诃夫的理解？

算了，小说家遇到的困难已经足够多了，今天我们将研究他解决这些问题的两种方法——主要是出于本能的方法，因为他工作时的方法很少与我们检查其工作成果时使用的方法相同。第一种方法是采用不同类型的人物，第二种则是与描写角度有关。

（一）

我们可以将小说中的人物分为扁平人物和圆形人物两类。

扁平人物在17世纪被称为“诙谐人物”，有时也被称为“类型人物”，有时又叫作“漫画人物”。在最纯粹的形式中，他们是围绕着一个单一的想法或品质而构建的，可当他们身上有不止一个因素时，我们就得到了通向圆形曲线的起点。真正的扁平人物可以用一句话来总结，比如“我永远不会抛弃米考伯先生”。米考伯夫人说她不会抛弃米考伯先生，她果然做到了，这就构成了她这个人物。[①]或者“我必须隐瞒主人家的贫困，即使是用诡计”，这是《兰默摩尔的新娘》[②]中的凯勒布·伯德斯通。虽然他没真的如此措辞，但这句话和他的行为无比贴切。除此之外，他没有其他存在的价值，没有快乐，没有私人的欲望和痛苦，这些都会使最忠心的仆人变得复杂。无论他做什么，无论他走到哪里，无论他说什么谎或打碎什么盘子，都是为了掩盖主人家的贫困。这不是他的固定身份，因为他身上没有任何东西可以固定这个想法。他本身就是这个想

① 米考伯夫妇是狄更斯的小说《大卫·科波菲尔》（*David Copperfield*）中的配角人物。

② 《兰默摩尔的新娘》（*Bride of Lammermoor*）：司各特的小说，讲述了一个爱情悲剧。

法，而他所拥有的这种人生，在与小说中的其他元素碰撞时，就会从其边缘闪烁出阵阵光芒。我们再以普鲁斯特为例。普鲁斯特笔下有很多扁平的角色，比如帕尔马公主或莱格兰丁。每个角色都可以用一句话来表达，面对夫人：“我务必处处谨慎，一定要表现得非常友善。”于是她除了特别小心，什么都没做，其他比她更复杂的角色很容易看穿她伪装的善良，因为这只是“特别小心”的副产品。

扁平人物的一个巨大优点是，每当他们出现时，都很容易被识别出来——由读者的情感之眼识别，而不是视觉，眼睛注意到的只是反复出现的名字罢了。在俄罗斯小说中，他们很少出现，但一旦出现，就会产生很大的作用。对于作家来说，这是一种极大的便利，因为他可以在需要的时候直接发力。扁平人物永远不需要重新引入，永远不会逃跑，也不需要被观察发展，并且一出场就能塑造自己的氛围——就像预先排列好大小的发光圆盘，像筹码一样在虚空中或群星之间被来回推动，最是令人满意。

第二个优点是读者很容易记住他们。他们在读者心目中是不可改变的，因为他们不会因环境而改变。他们在各种情境下穿梭，这让他们在回顾时有一种令人安心的品质，甚至即使创造他们的书已经湮灭，他们依然历久弥新。《埃文·哈林顿》[①]中的伯爵夫人就是一个很好的例子。现在来比较一下我们对她的记忆和对贝基·夏普[②]的记忆。我们不记得伯爵夫人做了什么，也不记得她经历了什么，但我们清楚地记得她的身形和围绕着她的公式，即“尽管我们为亲爱的爸爸感到骄傲，但我们必须隐藏对他的记忆”。她所有丰富的幽默都源于此。她就是扁平人物。贝基则是圆形的。她同样唯利是图，但我们无法用一句话来概括她、她所经历的重大事件，以及这些事件对她产生的影响。也就是说，我们不太容易记住她，因为她有起有落，有着像

---

① 《埃文·哈林顿》（*Evan Harrington*）：乔治·梅雷迪思的小说。

② 萨克雷创作的长篇小说《名利场》（*Vanity Fair*）中的人物。

人一样的一面。我们所有人，哪怕是饱经沧桑的人，都渴望永恒不变，而对于单纯的人来说，永恒不变正是他们对艺术作品的主要诉求。我们都希望书籍能够经久不衰，成为我们的避难所，让在其中避难的人能永远保持不变，因此扁平人物才会令人印象深刻。

尽管如此，一直盯着日常生活不放的评论家们，正如我们上周的讲座一样，对这种人性的渲染几乎没有耐心。他们认为，维多利亚女王不能用一句话来概括，那么米考伯夫人呢？我们最重要的作家之一诺曼·道格拉斯[①]先生就是这样一位评论家，我将引用他的一段话来有力地反对扁平人物。这段话出现在一封写给D.H.劳伦斯[②]的公开信中，当时两人笔战正酣，就像一对激战的勇士，我等外人就像是躲在亭子里观战的淑女。他抱怨劳伦斯在一本传记中用“小说家的手法”

---

① 诺曼·道格拉斯（Norman Douglas，1868—1952）：英国作家。

② D.H.劳伦斯（David Herbert Lawrence，1885—1930）：20世纪英国小说家、批评家、诗人，代表作有《查泰莱夫人的情人》（*Lady Chatterley's Lover*）等。

篡改了传主的真实经历，接着他定义了什么是“小说家的手法”：

应该说，这种笔法败在没有发现普通人意识的复杂性。它出于文学目的，选择了一个男人或女人的两个或三个方面，通常是最突出的，因此是他们性格中“有用”的成分，而忽略了所有其他方面。与所选特征相悖的都必须被消除，否则描述就站不住脚。这就像是某种官方资料，与资料不兼容的一切都必须被否决。因此，“小说家的手法”往往建立在错误的基础上，其选材往往取决于小说家个人的喜好。也许他挑选的材料的确不假，可问题在于太少了：作者所写也许是事实，但绝非全部真相。这就是“小说家的手法”。它扭曲了生活。

好吧，要这么说，“小说家的手法”自然是不适用于写传记上的，因为每个人都是复杂的。但在小说中，它自然有一席之地：一部复杂的小说通常既要有扁平人物，也要有圆形人物，他们碰撞的结果比道格拉斯先生的预料更准确地反映了生活。狄更斯笔下的人物几乎都是扁平的（皮普[①]和大卫·科波菲尔试图变得圆鼓鼓的，但实在缺乏信心，看起来更像是泡沫，而不是固体）。几乎每一个人都可以用一句话来概括，却能够带给人深度体会人性的奇妙感受。也许狄更斯的内在活力会让他的人物产生些许震动，从而借用他的生活和想象力来引领自己的生活。这就像是在变魔术。在任何时候，我们从侧面观察匹克威克[②]先生的身影，都会发现他还没有一张留声机唱片厚实。但我们从来没有从侧面观察过他。匹克威克先生实在是久经世故，训练有素。他总是有一种时刻都在掂量轻重的气质，当他被放进女子学校的柜子里时，他看起来就像在温莎的水桶里的法尔斯塔夫[③]一样沉重。狄更斯的天

① 狄更斯的小说《远大前程》中的主人公。

② 狄更斯的小说《匹克威克外传》（*The Pickwick Papers*）中的主人公。

③ 莎士比亚喜剧《温莎的风流娘儿们》（*The Merry Wives of Windsor*）中的角色。

才之处在于，他确实使用了类型人物和漫画人物，这些人物重新亮相的时候，我们一眼就认得出他们，但效果又不机械冰冷，并且他对于人性的看法也并不肤浅。那些不喜欢狄更斯的人有一个很好的例子。他本应该是位碌碌无能的小说家。可他实际上却成为一位大作家，他在类型人物应用方面的巨大成功表明，也许扁平人物身上的确有着苛刻的评论家不愿承认的内涵。

我们再拿赫伯特·乔治·威尔斯来举例。除基普斯[①]和《托诺-邦盖》[②]的阿姨以外，威尔斯笔下的所有角色都像照片一样扁平。但这些照片被作者强烈地搅动起来，以至于我们忘记了的复杂性只是流于表面，一旦照片被刮破或是被卷曲，这种复杂性将荡然无存。威尔斯笔下的人物的确不能用一句话来概括。他更多地局限于观察，他不创造类型。尽管如此，他

① 赫伯特·乔治·威尔斯的同名社会生活小说中的主人公。

② 威尔斯的作品，本书描写叔侄两人靠推销假药“托诺-邦盖”成为巨富，后来又在竞争中惨遭失败的故事，反映19世纪末英国社会变革时期复杂的社会状况。

的人物很少依靠自己的力量映入读者眼帘。正是他们的创造者用灵巧而有力的双手抓着他们用力摇晃，才使读者产生了深度感。这些优秀但不完美的小说家，如威尔斯和狄更斯，非常善于将力量传递到人物身上。他们小说中鲜活的部分会激发不鲜活的部分，并使人物跃然纸上，讲起话来才令人信服。他们与完美的小说家截然不同，完美的小说家直接接触他的所有材料，用创造性的手指触碰到每一句话和每一个单词。理查逊、笛福、简·奥斯汀在这方面都很完美。他们的作品可能并不伟大，但他们的手永远放在自己的小说上，他们的人物永远完全在掌控之中，哪怕伸手去按门铃这么一点短暂间隔都不存在。

我们必须承认，扁平人物本身并不像圆形人物那样有成就，再说了，扁平人物本就是具有喜剧效果时才最受喜欢。严肃或悲惨的扁平人物很容易令人厌烦。每次他都会哭喊着“复仇！”或者“我的心为人类滴血！”这类空话、大话，不管他的公式是什么，不免显得索然无味。当代一位受欢迎的作家写了一部传奇作品，是围绕着一位苏塞克斯郡的农民展开的，他说：“我要犁开那块荆豆田。”书里的确有那么一位农民，也的确有那么一块田。他说他要犁开荆豆田，他就这么做了，可这与“我永远不会抛弃米考伯先生”根本没有可比性，因为我们已经看腻了他的锲而不舍，我们根本不在乎他成功与否。如果对他的公式进行分析，并将其与他的其他人类情感联系起来，我们就不会再感到厌倦，公式将不再代表男人本身，而只不过是他执着去做的一件事罢了。也就是说，他会从一个扁平的农民变成一个圆形的农民。只有圆形的人物才适合进行悲剧表演，无论时间长短，并能激发我们除幽默和得体之外的其他感受。

现在让我们把这些二维人物抛到九霄云外，转而关注圆形人物吧。让我们去到《曼斯菲尔德庄园》，看看和哈巴狗一起坐在沙发上的伯特伦夫人。哈巴狗是扁平的，就像小说中的大多数动物一样。它曾误入玫瑰床，不过效果也就相当于纸板剪影罢了，仅此而已。在这本书的大部分时间里，它的女主人似乎和她的狗一样，都是用同样简单的材料制成的。伯特伦夫人的公式是“我人很好，但受不得累”，她也由这句话发挥功用。但在结尾处还是出现了一场灾难。她的两个女儿遭遇了奥斯汀小姐笔下最惨烈的悲剧，远比拿破仑战争要惨烈。朱莉娅私奔离家，而婚姻不幸的玛丽亚则跟着一个情人跑了。伯特伦夫人的反应是什么？书中的描写令人回味无穷：“伯特伦夫人没怎么细想，但在托马斯爵士的指导下，她对所有重要的问题都进行了公正的思考，因此她明白了事情的严重，她既没有自欺，也没有要求范妮劝告她，去掩饰此事的罪恶耻辱。”这几句话可谓下笔凶狠，过去常常让我担心，因为我觉得也许是简·奥斯汀的道德感一时失控了。她自然可以藐视罪恶和耻辱，她也的确是这么做的，她适时地在埃德蒙和范妮的脑海中引起了一切可能的痛苦，但她有权利煽动平静、始终如一的伯特伦夫人吗？这不就像给哈巴狗三张脸，让它去守卫地狱之门吗？[①]难道它的女主人不应该待在沙发上说“朱莉娅和玛丽亚这件事情可真是令人伤心，但范妮去哪儿了？哎呀，我又漏缝了一针”吗？

过去我常常这样想，这是因为我误解了简·奥斯汀的手法，就像司各特说她的创作就在一颗象牙上作画那样。她的确善于描绘细小之处，但从来都不局限于平面之上。她所有的角色都是圆形的，至少有填充空间，甚至贝茨小姐也有头脑，甚至伊丽莎白·艾略特[②]也有心肝。意识到这一点后，伯特伦夫人突如其来的道德热情不再困扰我们：不就是扁平圆盘突然膨胀，变成一颗小圆球了。小说结束后，伯特伦夫人又变得扁平，这是事实，毕竟我们还是可以用公式来概括她给我们留下的大致印象。但简·奥斯汀并不

---

① 古希腊神话中的地狱看门犬刻耳柏洛斯（Cerberus），有三个脑袋。

② 奥斯汀的小说《劝导》（*Persuasion*）中女主人公安妮·艾略特的姐姐。

是这样构思她的，她重新出现时带来的新鲜感正是因为如此。为什么简·奥斯汀笔下的人物每次出场都会给我们带来一种新的乐趣，而不是狄更斯笔下的人物所带来的那种重复的乐趣？为什么在一次对话中，她笔下的人物能够彼此交融，好似浑然天成，彼此吸引而不显刻意？对于这个问题，可以用几种方式来回答：与狄更斯不同，她是一位真正的艺术家，她从不屈尊于漫画人物，等等。但最好的答案是，虽然她的角色比狄更斯的角色小，但更加有机。他们弹性十足，即使她的情节对他们提出了更高的要求，他们仍然能够满足。假设路易莎·马斯格罗夫在科布码头上摔断了脖子。对她的死亡也许只有一段绵软无力的描写——暴力场面本就不是奥斯汀小姐所长——但幸存者们在尸体被带走后会立即采取适当的行动，他们会展现出自己性格中全新的一面，尽管如此一来，《劝导》这部小说算是废了，但我们会更加了解温特沃思上尉和安妮。简·奥斯汀笔下的所有人物都已经准备好了扩展自己的生活，但她很少在书中要求他们过上这样的生活，正因如此，他们最后的实际生活才会如此令人满意。

让我们回到伯特伦夫人和那关键的一句话，看看它如何巧妙地把伯特伦夫人调度到了公式不起作用的区域。“伯特伦夫人没怎么细想。”的确如此，这是她按公式行事。“但在托马斯爵士的指导下，她对所有重要的问题都进行了公正的思考。”托马斯爵士的指引（这是公式的一部分）仍然存在，但它将这位贵妇推向了一种独立而非自愿的道德感。“因此她明白了事情的严重。”这正是道德最强音——非常有力，但引导过程又小心翼翼。接下来，用否定的方式进行最巧妙的递减。“她既没有自欺，也没有要求范妮劝告她，去掩饰此事的罪恶耻辱。”公式再次出现，因为通常她会尽量避免麻烦，并要求范妮建议她如何做。而在过去十年，范妮的所有职责也就不过于此。虽然这些措辞是否定形式，但让我们想起了这一点，她的正常状态再次出现，在短短一句话中，她先是被膨胀成了一个圆形的角色，然后重新变成了一个扁平人物。简·奥斯汀真是下笔如有神！寥寥几句，她就扩展了伯特伦夫人的形象，更增加了玛丽亚和朱莉娅私奔的可信度。之所以说“可信度”，是因为私奔属于暴力行动的范畴，正如上文提到的，一旦涉及这个方面，简·奥斯汀的描写就会变得绵软无力。除了早年学生时期的小说中，她一直无法描绘冲突场面。任何暴力事件都必须“突然”发生——路易莎的意外受伤和玛丽安·达什伍德[①]的喉咙发炎已经是最接近“暴力事件”的例外了——因此所有关于私奔的描写都必须真实且令人信服，否则我们就应该怀疑它是否真的发生了。在伯特伦夫人的帮助下，我们相信她的女儿们已经逃跑了，而且她们必须逃跑，否则范妮就不会到达顶峰。就这么一个小小的切入点、一句短短的话，就向我们展示了一个伟大的小说家如何巧妙地将一个人物调整为圆形。

这样的人物在她的作品中随处可见，表面

① 奥斯汀的小说《理智与情感》中的人物。

上显得简单扁平，从不需再次介绍，可又从不欠缺深度，比如亨利·蒂尔尼、伍德豪斯先生、夏洛特·卢卡斯。她可能会给自己的角色贴上“理智”“傲慢”“情感”“偏见”的标签，但这些角色并不局限于这些特质。

至于圆形人物的定义，想必经过刚才的讨论已经明晰，无须赘述。我只需要举一些书中人物的例子，看一看各位的定义是否准确。

《战争与和平》中的所有主要人物、陀思妥耶夫斯基作品中的所有人物，以及普鲁斯特笔下的一些人物，例如老家仆、格曼特斯公爵夫人、德查卢斯先生和圣卢普；包法利夫人——像摩尔·弗兰德斯一样，她有一本专门写她的故事的小说，可以肆无忌惮地扩展形象；萨克雷的一些人物，比如贝基和比阿特丽斯；菲尔丁作品中的一些人物，亚当斯牧师、汤姆·琼斯；还有夏洛蒂·勃朗特作品中的一些人物，尤其露西·斯诺。还有太多，就不一一列举了。测试一个角色是否是圆形人物，就是看其能不能以令人信服的方式做意外之事。如果他从不出乎意料，那么他就是扁平的。如果他不能令人信服，那就是一个假装圆形人物的扁平人物。在一本书的书页范围内，圆形人物的生命是无限宽广的。小说家有时单独使用他们，更经常的是与其他类型的人物结合使用，让人物能够与情境融为一体，并使人物与作品的其他方面协调一致。

（二）

接下来是第二种方法：描述的视角。

对一些评论家来说，这是小说写作的基本手段。珀西·卢博克[①]先生说："在小说创作过程中，最为关键复杂的方法问题，都是由视角问题，即叙述者与故事的关系问题来决定的。"他的《小说的技巧》一书审视了各种描写角度，极具天赋和洞察力。他说，小说家可以从外部将人物描述为一个公正或有所偏向的

① 珀西·卢博克（Percy Lubbock，1879—1965）：英国作家、评论家，著有论小说的名著《小说的技巧》（*The Craft of Fiction*）。

旁观者，可以假设自己无所不知，并从内部描述他们，可以设身处地地站在其中一个人的位置上，假装对其他人的动机一无所知，还可以秉持某些中间态度。

卢博克先生的追随者将为小说美学奠定坚实的基础，但我实在不愿承认这种基础。他的审视未免太过马虎，对我来说，“最为关键复杂的方法问题”并不能简单分解为公式，而是作者有多大能量可以让读者对其故事深信不疑——卢博克先生承认并钦佩这种力量，但在他看来这位于问题的边缘，而不是中心。我则认为这是所有问题的核心。看看狄更斯在《荒凉山庄》中是如何打动我们的。《荒凉山庄》第一章使用的是无所不知的视角。狄更斯把我们带进了法庭，迅速引入了所有人物。在第二章中，他使用的是部分全知视角。我们仍然透过他的眼睛观察，但出于某种原因，看得不是那么清晰了：他可以向我们介绍莱斯特·德洛克爵士，让我们了解德洛克夫人的一部分，但我们对图金霍恩先生一无所知。在

第三章中，他就更过分了，他直接用起了戏剧手法，把视角完全放在一位年轻女士身上：埃丝特·萨摩森。“我开始写这几页的内容时寸步难行，因为我知道我不聪明。”埃丝特说，只要允许她握笔，她就要以一贯的态度继续写下去。作者随时都可以从她手中抢走笔，自己想写什么就写什么，让埃丝特哪儿凉快哪儿待着去。从逻辑上讲，《荒凉山庄》已经支离破碎了，但狄更斯依旧能吸引我们的注意力，由此可见，视角的转换已经变得无所谓了。

评论家比读者更喜欢挑刺儿，他们热衷为小说确立高位，难免过多地寻找小说特有的问题，并将其与戏剧区分开来。他们觉得，在它被接受为一种独立的艺术之前，小说必须得先有自己的技术问题。由于视角的问题肯定是小说所特有的，所以他们过分强调了这一点。我倒觉得这一点还不如恰当的人物组合重要——这也是剧作家所面临的问题。小说家必须能打动我们，这才是燃眉之急。

我们再来看两个视角转换的例子。

法国著名作家安德烈·纪德[①]出版了一部名为《伪币制造者》的小说，以其现代性著称。纪德的这部小说有一点与《荒凉山庄》相同：它们在逻辑上都是支离破碎的。有时作者是无所不知的，能够在幕后为我们解释一切，“介绍各色人物”；有时，他的无所不知又是片面的，结果写着写着，又用起了戏剧手法，并通过其中一个人物的日记讲述这个故事。同样缺乏统一的视角，但狄更斯这么做是出于本能，而纪德则是思虑后的刻意选择，但他在视角转换的时候解释太多了。小说家对自己的写作方法太过在意，结果反而会显得刻意，徒留表面的一点点趣味性。他放弃了塑造人物，号召我们帮忙分析他自己的想法，结果就是对我们情绪的调动作用大幅下降。《伪币制造者》是近期最有趣的作品之一，却没

---

① 安德烈·纪德（André Gide，1869—1951）：法国作家，主要作品有下文提到的小说《伪币制造者》（*Les Faux Monnayeurs*）、散文集《人间食粮》（*Les Nourritures Terrestres*）等。

什么地位。尽管其写作结构的确值得称赞，但我们不能对其毫无保留地褒奖。

现在来说第二个例子，那就必须回顾一下《战争与和平》。在这里，结果至关重要：我们被裹带着在俄罗斯大地上恣意驰骋——在需要的时候，被作者以全知、半全知或戏剧化视角灌输一切，最终只得接受。卢博克先生并未接受：他认为这本书虽然十分伟大，但它缺乏统一视角，否则将更加经典，他觉得托尔斯泰并没有尽全力。我觉得写作游戏的规则不是这样的。只要有效果，小说家自然可以改变视角，像狄更斯和托尔斯泰的做法就很成功。事实上，我发现这种扩展和收缩感知的能力（视角转换便是征兆），这种可以掌控读者了解信息多寡的能力，正是小说形式的巨大优势之一，它与我们对现实生活的感知也有类似之处。我们有时比别人愚蠢，偶尔能勘破他人的想法，却不能时时如此，因为我们的大脑会疲劳。从长远来看，这种间歇全知的状态为我们所获得的体验增添了多样性的色彩。许多小说家，尤其英国小说家，在他们的书中对人们表现出这样的行为：让他们了解的信息时多时寡。我不明白他们为什么要受到谴责。

诚然，要是我们读书时就感觉到了这种刻意性，的确是要加以谴责的。由此产生了另一个问题：作者是否应该让读者充分了解自己的角色？答案已经很明显：最好不要。这种做法很危险，它通常会导致读者热情减退，注意力和情绪出现松懈，更糟糕的是，可能显得十分可笑，这就相当于邀请读者来到幕后，见证这些角色是怎么被挂起来展示的。“A看起来不好吗？她一直是我的最爱。”“让我们想想B为什么这样做。也许他身上有更多的秘密。是的，你看他真是有一颗金子般的心，拿出来给你看一眼，我再把它放回去——我想他应该没发现吧。”“还有C，他一直神神秘秘的。”这样一来，虽然读者的亲密感有了，却牺牲了幻想和高贵感，代价太高。这就像请一个人喝酒，这样他就不会反对你的意见。无意冒犯，但菲尔丁和萨克雷就犯了这种大忌，就像在酒吧的闲聊，这是以前的小说中最为有害的一点。让你的读者对你创造的世界完全了解就是另一回事了。对于小说家来说，像哈代和康拉德[①]那样，从角色中抽身出来，概括他认为生活是在什么样的环境下进行的，这并不危险。真正危险的是对个体人物的全面了解，这会导致读者不去了解人物，反而去审视小说家的思想。不过在这种时候，小说家的脑子里也挖不出什么宝，因为它根本就不在创作状态里，不过是在说“来，聊几句吧”而已，就能完全浇灭创作热情了。

我们对人物的讨论到此为止。之后讨论情节时，大家对人物的理解可能会更加丰满。

① 即约瑟夫·康拉德（Joseph Conrad，1857—1924），英国作家。

五 、情节

亚里士多德说："性格决定我们的品质，但幸福与否，取决于我们的行动。"我们既然已经认定亚里士多德是错误的，那么现在我们必须面对与他意见相左的后果。"所有人类的快乐和痛苦，"亚里士多德说道，"都以行动的形式表现出来。"我们对生命的了解不止于此。我们相信，幸福和痛苦存在于每个人不可与外人言说的秘密生活中，小说家（通过笔下的人物）也会接触到这种生活。所谓秘密生活，我们指的是没有外部表现的生活，而不是世俗想象中那种偶然的一句话或一声叹息就能揭示的生活。偶然的一句话或一声叹息就像一场演讲或一场谋杀一样，它们是证据：它们揭示的生活不再是秘密，而是进入了行动的范畴。

然而，我们没有必要对亚里士多德太过苛刻。他几乎没怎么读过小说，更没有读过现代小说——他读的是《奥德赛》，而非《尤利西斯》——他对秘密从来漠不关心，当真把人类思想当作一只大桶，里面的东西都能往外倒。当他写下我们在上文引用的话时，其实他心里想的是戏剧，那么这两句话无疑是正确的。在戏剧中，人类所有的幸福和痛苦都必须采取行动的形式表现出来，否则观众就无法感知到它们的存在了，这就是戏剧和小说之间的巨大区别。

小说的特点在于，作家既可以直接描写人物，也可以安排我们倾听他的心声。他能够进入人物的思想中，甚至可以更进一步去观察人物的潜意识。一个人自言自语时讲的八成不是真话——哪怕听者是自己，他暗自感到的幸福或痛苦都来自他无法完全解释的原因，因为一旦他将这些原因提升到可解释的高度，它们就失去了本质。小说家在这里就大有可为了。他可以让潜意识直接变成行动（剧作家也可以这样做），也可以利用其与独白的关系把它表现出来。他掌控着人物所有的秘密生活，而这一特权谁也无法剥夺。有的人会提出疑问："作家是怎么知道的呢？""他的立场到底是什么？视角总是变来变去，一会儿把我们蒙在鼓里，一会儿又让我们全知全能，这下子他又要变换视角了。"这种问题难免显得像法庭上的审判了。其实对于读者来说，最重要的是态度的转变以及人物的心声是否可信、实际效果是否令人信服[①]，至于亚里士多德，听到这个他最喜爱的词语，也可退居幕后了。

然而，他是功成身退了，却给我们留下了难题，因为随着人性的扩展，情节会变成什么样

① 原文为希腊语。

子？在大多数文学作品中，有两个元素：我们刚刚讨论过的人类个体，以及笼统地称为艺术的元素。我们也曾赏玩过艺术，但形式层次很低：故事也就是从时间这条无首无尾的绦虫身上截下来的一段。现在，我们来到了一个更高的层面：情节。然而，与剧作中不同的是，小说中的人物并不需要因剧情而做出妥协，反而显得若隐若现、难以驾驭，只露出冰山一角。情节徒劳地向这些庞然大物指出了亚里士多德所阐述的“发展、危机和解决方案”三重过程的优点。也有的小说人物站起来照着做了，结果得出了一部本该是戏剧的小说。但毕竟做出响应的还是少数人。他们喜欢独自坐着，要么沉思，要么做些自己喜欢的事，而情节（我在这里将其想象成一个高级政府官员）关注的是公共精神的缺失。“这可不行。”他似乎在说，“个人主义的确是一种很有价值的品质。事实上，我自己的地位也是以个体为基础的，而我一直不讳于承认这一点。尽管如此，规矩还是得有的，你们这会儿就在打破规矩的边缘试探了。人物不能沉思太久，他们不能浪费时间在自己的内心上下爬梯，他们必须做出贡献，否则更高的利益将受到损害。”“要对情节有贡献”，这可真是老生常谈了！这句话本来就出自戏剧，也是戏剧人物必须做到的，可问题来了：小说人物也得遵守吗？

我们还是先定义情节到底是什么吧。我们已经将故事定义为“将一系列事件按照时间顺序进行叙述”。情节也是对事件的叙述，只不过重点在于因果关系。“国王死了，然后王后也死了”，这是故事。“国王死了，然后王后死于悲痛”，这是情节。时间顺序被保留了下来，但被掩盖在因果关系之下。又或者说：“王后去世了，没有人知道原因，直到人们发现她是因为国王的去世而伤痛欲绝。”这是一个充满神秘色彩的情节，一种可以高度发展的形式。它独立于时间顺序之外，它会尽可能远离故事本身的局限性。想想王后的死，如果是在一个故事中，我们会问：“然后呢？”如果是在情节中，我们会问：“为什么？”这就是小说这两个方面的根本区别。对于哈欠不停的穴居人、暴虐成性的苏丹国王，你是讲不了什么情节的，对于他们在当今的后代，也就是电影观众，亦是如此。他们只能在“然后、再然后”间保持清醒，有的只是好奇心。但想要欣赏情节，还需要智慧和记忆力。

好奇心是人类最初级的特征之一。你会注意到，在日常生活中，那些打破砂锅问到底的人往往记性不太好，多半也有些蠢。一开始就问你有几个兄弟姐妹的人，跟你八成走不到一块儿去。要是过了一年再见到他，他可能还会问你有几个兄弟姐妹，他的嘴依然耷拉着，眼睛仍然从脑袋里鼓出来。和这样的人很难成为朋友，而两个都喜欢寻根究底问个不停的人更不可能聊得来。我们很难依靠好奇心做成什么事情，它也不会让我们深入小说更深层次中——最多就是触及故事一层。如果想抓住情节，智慧和记忆力是必不可少的。

先讲智慧。聪明的小说读者不会像一个好

奇的人那样只关注新鲜事，而是会用脑子好好去思考。他会从两个角度来看待一件事：先把这件事独立出来看，再把它与在前几页读到的其他事实联系起来看。也许他暂时无法理解，但他也没想着立马就能理解。一部高度条理化的小说（如《利己主义者》），其中的事实往往具有交叉对应的性质，观众只有在结尾时登高望远，才能看清整体布局。这种意外或神秘的元素——有时被简单粗暴地称为侦探元素——在情节中非常重要。它的出现会导致时间顺序空悬。谜团就像是时间的破洞，总是突兀地出现，比如："王后因何而死？"有时候会用更微妙的姿态和含糊其词的语句，其真正的含义只会在最后几页中显现出来。神秘性是情节的关键，没有智慧的人是欣赏不来的。对好奇的人来说，它只不过是另一个"然后"。要想欣赏谜团，你必须花一些心思留在谜团这儿反复思量，同时剩余的心思也要继续往前推进。

这就引出了第二种资质：记忆力。

记忆力与智慧紧密相连，原因在于，除非记得住，否则根本无法理解。如果到王后去世时，我们已经忘记了国王的存在，那她的死因就将永远是个谜。情节创作者希望我们能记得住，我们也希望他不会留下任何没填的“坑”。每一个动作或话语都应该有其作用。情节应该简练实用，就算情节复杂，也应该是有机的，不是死水一潭。情节可以复杂，可以简练，也可以包含谜团，但不能误导读者。随着情节的展开，读者的记忆将始终在它的上方盘旋（记忆是思想中的暗淡光晕，智慧是闪耀锋利的刀刃），并将不断地重新排列和反复思考，看到新的线索、新的因果链，最终的感觉（如果情节很精妙的话）将不是交织的线索或链条，而是一种紧凑的美学体验。小说家完全可以坦诚地将这种体验带给你，可如果这样开门见山的话，它的美感也就不那么强烈了。我们在这里提及了美——这是我们开始研究小说以来的第一次，它是一种小说家永远不应该追求的美，尽管如果没能实现这一点，他就算失败了。稍后我会将美神领到她应该在的位置。现在，请接受她作为完整情节的一部分。她看起来对自己的处境有点惊讶，但理应如此：这种情感才最适宜出现在她脸上。波提切利[1]深谙此道，在他的画笔下，美神从波涛间升起，清风徐徐，珠围翠绕。一位看起来毫不惊讶、坦然处之的美人，只会让我们想起恃才傲物的歌剧女主角。

言归正传，我们继续聊情节，接下来，我将以乔治·梅雷迪思作为切入点。

梅雷迪思这个名字已经不像二三十年前那么如雷贯耳了，那时整个世界和整座剑桥听见这个名字都要为之颤抖。曾经，他的一句诗令我无比沮丧："人活一世，要么主宰，要么被主宰。"我不想主宰，更不想被主宰，我知道我不是主宰别人的料。不过似乎我也没什么好沮丧的，因为梅雷迪思自己现在正处于低谷中，虽然时尚风向总会再吹回来，再次送他上青云，但他永远不

① 即桑德罗·波提切利（Sandro Botticelli，1445—1510），15世纪末佛罗伦萨著名画家。

能再成为1900年左右那种精神领袖般的人物了。他的哲学有些缺憾。他对感伤主义的猛烈抨击让当代人感到厌烦，虽然他们也寻求此道，但装备更加精良，此外，他们怀疑这种扛着铳枪装腔作势的人本身就是感伤主义者。还有他对自然的想象——不像哈代那样经久不衰，他描写了太多萨里郡，总是郁郁葱葱的样子。他绝没有写出像哈代的《还乡》第一章那样的才智，就像博士山绝不可能出现在索尔兹伯里平原一样。他永远看不到英格兰风光中真正具有悲剧性和持久性的一面，对于人类生活中真正具有悲剧色彩的东西也是如此。当他变得严肃和高尚时，会显得尤其刺耳，有种盛气凌人的意味。我确实觉得他在一个方面和丁尼生[1]很像：因为不够平心静气，所以显得太过紧绷。还有他的小说：大多数社会价值观都是假的。裁缝不像裁缝，板球不像板球，甚至火车看起来都不像火车，他笔下描写的郡县家

① 即阿尔弗雷德·丁尼生（Alfredlord Tennyson，1809—1892），英国维多利亚时代最受欢迎、最具特色的诗人。

庭给人的感觉就像是刚刚拆封的商品，在揭幕前一秒才就位的演员，胡子上都还粘着稻草。他的角色所处的社会场景确实很奇怪：部分是出于他的幻想，倒也合理，但还有部分原因是令人心寒的伪造。无论是伪造还是说教，从来都不讨喜，现在更被人说是无比空洞的，再加上他胆敢将家乡几个郡写成整个世界了，难怪梅雷迪思现在会陷入低谷。但在某种程度上，他的确是一位伟大的小说家。他是英国小说史上最出色的情节设计家，任何有关情节的讲座都必须向他致敬。

梅雷迪思的情节并不紧密。我们不能像《远大前程》那样用一句话来描述哈里·里士满[①]的行为，尽管这两本书都讲述了一个年轻人在财富来源方面犯下的错误。梅雷迪思的情节并不是悲剧，甚至不是喜剧缪斯的殿堂，而是像一系列巧妙地放置在树木繁茂的山坡上的亭子，他笔下的人物靠自己的力量到达这些亭子，并在其中以

① 梅雷迪思小说《哈里·里士满的冒险》（*The Adventures of Harry Richmond*）中的主人公。

不同的面貌出现。事件的发生源于人物，一旦发生，又会改变人物。人物和事件是紧密相连的，他就是靠出色的情节设计做到这一点的。他的情节常常令人愉悦，有时又令人感动，但总是能出人意料。先是令人震惊，接着是一种“原来如此”的感觉，这就是表明情节设计得当的迹象：人物要想栩栩如生，必须平稳流畅，但情节一定要给人以意外感。《波尚的事业》[①]中什拉佩尔博士挨了顿鞭子就很出人意料。我们知道，埃弗拉德·罗弗雷一定不喜欢什拉佩尔，一定憎恨并且误解他的激进主义，并且嫉妒他对波尚的影响；我们也关注他对罗莎蒙德的误解越来越深，还关注塞西尔·巴斯克莱特的阴谋。写人物的时候，梅雷迪思并不藏着掖着，所有东西都拿到了台面上，可当意外事件发生的时候，给我们读者和书中人物带来了多大的震惊！一位老人出于高尚的动机鞭笞另一位老人，真是令人啼笑皆非——这一事件对他们的世界产生了影响，并改

① 梅雷迪思发表于1876年的小说。

变了书中的所有人物。这并不是《波尚的事业》一书的中心，事实上，这本书根本没什么中心。它本质上是一种发明创造，是一扇门，小说穿过它以后，就变成了截然不同的样子。接近尾声，当波尚溺水而亡，什拉佩尔和罗弗雷在他的尸体旁和解时，梅雷迪思试图将情节提升到亚里士多德式的对称美，将小说变成一座供奉明示与和平的圣殿。然而梅雷迪思失败了：《波尚的事业》仍然是一系列的情节设计的集合（去法国观光就是其中一个），但这些设计本质上来自人物，又反过来影响了人物。

现在，我来简要说明一下情节中的神秘元素，也就是“王后死了，后来发现她死于悲痛”这个公式。我想在此举个例子，但不想提狄更斯（虽然《远大前程》非常合适），也不想提柯南·道尔（兴许是我学究气太重，欣赏不来他的作品），而是打算再用梅雷迪思来举例：《利己主义者》中，将情感严密封锁起来的优秀情节发生在莱蒂娅·戴尔这个角色身上。

一开始，莱蒂娅脑中的所有想法就已经被和盘托出。威洛比爵士曾两次抛弃她，她很伤心，悄然退隐。然后，由于戏剧性，我们不能够窥视她的思想，它自然地发展下去，直到午夜时分，重头戏才再次出现。因为对克拉拉没把握，威洛比爵士头一次向莱蒂娅求婚，而已然蜕变新生的莱蒂娅断然拒绝了。梅雷迪思隐瞒了这种改变。如果我们一直全知全能，就会破坏这一幕“高雅喜剧”[①]的效果。威洛比爵士必须经历一系列打击，左支右绌，发现一切都摇摇欲坠。可如果我们事先就知道作者准备布下陷阱，那我们不仅无法体会各种乐趣，甚至会认为这种方式太过低俗，因此莱蒂娅的冷漠反应一定不能让我们提前了解。总之，情节或人物之间总有取舍，这类例子数不胜数，而梅雷迪思凭借一贯精准的直觉，让情节压过了人物。

---

① 高雅喜剧（high comedy）：有时被称为风尚喜剧(comedy of manners)，它通常在上流社会的背景下使用讽刺机智，代表作品有奥斯卡·王尔德的《认真的重要性》。

再举个情节压过人物的例子，我想起了夏洛蒂·勃朗特在《维莱特》中的一个小失误——仅仅是一个失误而已。她允许露西·斯诺向读者隐瞒她发现约翰博士和她的老玩伴格雷厄姆是同一个人的事实。当水落石出时，情节确实给我们带来了新鲜的刺激感，但露西这个人物难免受损。在这之前，她在我们眼里都是一个正直的人，这就导致她有道德义务讲述自己所知道的一切。她竟放低姿态隐瞒真相，有些令人痛心，尽管这件事很微不足道，不会影响整体的角色。

有时，情节完全压过了人物。那么人物必须在每一个转折点都暂时违背自己的本性，否则就会被命运的进程卷走，以至于给我们带来的真实感被大大削弱了。我们将在一位远比梅雷迪思伟大，但作为小说家却不那么成功的作家身上找到这样的例子，此人便是托马斯·哈代。在我看来，哈代本质上是一位诗人，他会从一个极为崇高的角度来构思他的小说。他的小说要么是悲剧，要么是喜中有悲，他希望自己的小说能够发出震人心魄的巨响。换句话说，哈代以因果关系为重点而安排事件，然后铺成情节，所有人物都要为情节服务。除了苔丝（她给人一种她比命运更伟大的感觉），他笔下的人物都不如人意。他的角色卷入了各种各样的陷阱，最终被束手束脚，他不断强调命运，然而，尽管为命运做出了种种牺牲，人物的行动却从未像我们在《安提戈涅》《贝蕾尼斯》或《樱桃园》中看到的那样真实可信。[①]“威塞克斯小说”[②]最主要、最令人难忘的特征就是我们的命运是至高无上的，而不是通过我们产生作用。尤斯塔西娅·维耶还未踏足的伊顿荒原；[③]没有“林地人”的森林；[④]巴

---

① 《安提戈涅》（*Antigone*）是古希腊三大悲剧大师之一索福克勒斯（Sophocles，前496—前406）的一部代表作。《贝蕾妮丝》（*Berenice*）是法国古典主义悲剧代表性作家让·拉辛（Jean Racine，1639—1699）的一部悲剧。《樱桃园》（*The Cherry Orchard*）是俄国作家契诃夫的一部悲喜剧。

② “威塞克斯小说”是哈代的系列小说总题名，该系列包括14部小说，以英国南部威塞克斯地区为背景，展示了英国农村的景象。

③ 指小说《还乡》的女主人公和故事背景地。

④ 哈代的威塞克斯小说之一《林地居民》（*The Woodlanders*）。

德茅斯·里吉斯上方的丘陵地带，马车载着仍在睡梦中的公主于黎明时分飞驰而过。[①]哈代在《王朝》中取得了完美的成功（他使用了另一种文体），我们在这部作品中可以听到震耳欲聋的巨响，因果律牢牢束缚着徒劳挣扎的角色们，人物和情节之间建立了完整的联系。但在小说中，尽管那同样超然、可怕的机器也能运转，但它从来无关人性。在无名的裘德遭遇的不幸中，有些重要的问题没有得到解答，甚至没有提出。[②]换言之，为了情节，人物做出了过多牺牲。除了乡村幽默外，他们的活力已经变得贫乏和枯燥无味。据我所知，这是贯穿哈代小说的缺陷：他对因果关系的强调已经超出了小说这一媒介的承受极限。作为一名诗人、预言家和想象力超凡的智者，乔治·梅雷迪思比起他不过是一介肉眼凡胎，但梅雷迪思确实了解小说所能承受的极限，

① 巴德茅斯·里吉斯是哈代多部小说中出现过的地名，马车载着公主飞驰而过的场景出现在小说《司号长》（*The Trumpet Major*）中。

② 《无名的裘德》（*Jude the Obscure*）是哈代创作的最后一部长篇小说，以悲怆的笔调叙述了乡村青年裘德一生的悲剧。

以及情节可以在什么程度上让人物做出贡献，又必须在什么时候让他们随心所欲。至于道德——我看不到什么道德，因为哈代的作品就像是我的家园，而梅雷迪思的作品绝不可能是，我们此次讲座的道德观点依然是与亚里士多德背道而驰的。在小说中，人类所有的幸福和痛苦并非都以行动的形式出现，它寻求的是情节之外的表达方式，不应该受到僵化的束缚。

在情节与人物之间的这场必败之战中，它往往采取懦弱的报复方法。几乎所有的小说结尾都很无力。这是因为情节总得有个尽头。为什么一定要这样？为什么小说家不能在觉得无聊的时候马上停笔呢？唉，他毕竟不能留下一堆烂摊子，通常在收尾时，人物都会在这个过程中死去，而我们对他们的最后印象就是死亡。《威克菲尔德的牧师》[①]在这方面是一部典型的小说，前半部

---

① 《威克菲尔德的牧师》（*The Vicar of Wakefield*）：英国作家奥利弗·哥尔德斯密斯（Oliver Goldsmith，1728/1730—1774）的作品，是18世纪英国感伤主义文学的重要著作。主人公普里姆罗斯以第一人称叙述了他们一家悲欢离合的经过，既是社会小说，又是家庭小说。

分写得又聪明又新鲜，画全家福时，普里姆罗斯夫人还被画成维纳斯，但一切到此便戛然而止，变得木讷且愚蠢。一开始，有各自意义和作用的事件人物都得为结局让步。最后，甚至作者都觉得自己有点愚蠢。“我也写不下去了，”他说，“除非把那些意外邂逅琢磨透了，这种邂逅每天都会发生，可除了某些特别的场合，我们很少因此感到意外。”哥尔德斯密斯当然算不上什么重量级的小说家，不过大多数小说都败在了这一点上——当逻辑取代了血肉之躯的需求后，就会出现这种灾难性的停滞。要么把人写死，要么结婚皆大欢喜，除了这两样绝招，我想不出普通小说家还能以什么方式结尾。死亡和婚姻几乎是他笔下人物和情节之间的唯一联系，读者也做好了迎接这种结尾的准备，只要它们出现在书的临近结尾处，读者也不会过多计较：可怜的作者，总得允许他们想个办法结尾吧，毕竟他和我们一样是要吃饭的，所以怪不得只余匠气，却无灵气了。

概括来说，这就是小说的固有缺陷：它们

总是头重脚轻，后劲不足。对此有两种解释：第一，力有不逮，不仅是小说家，任何事情做起来都难逃这个困扰；第二，我们一直在讨论的困难——人物——已经失去了控制，作者奠定基础，人物却拒绝按既定方向发展，于是小说家不得不加班加点才能按时完成工作。他只得假装人物是在按他的想法行事。他不断地提到他们的名字，打着双引号借他们之口说话，可实际上这些角色早已消失不见或是入土为安了。

因此，情节是小说中讲究逻辑、智慧的方面：它需要谜团，但谜团在后来会被解开。读者可能在未实现的世界中徘徊，但小说家自己不能有顾虑。他很有能力，对自己的作品泰然自若，在这里投下一束光，在那里戴上一顶帽，（作为一个情节设计者）不断地与自己作为人物贩子的一面进行谈判。他事先计划好了自己的小说，总之他始终凌驾作品之上，他对因果律情有独钟，给人以一切早已预定的感觉。

现在我们必须问问自己，这样制作的框架

是否就是小说的最佳可能？毕竟，为什么要提前规划一部小说？它不能野蛮生长吗？为什么它非得像戏剧一样有个结尾？它不能是开放式的吗？为何非要凌驾自己的作品之上并牢牢控制它，难道小说家不能将自己投入其中，并随波逐流到他自己都没有预见到的目的地吗？情节固然令人兴奋，也可能很有美感，但这不是一种迷信吗？借用了戏剧，借用舞台的空间限制？难道小说不能设计出一个不那么强调逻辑，但更适合其特点的框架吗？

现代作家认为这一点可以做到，现在我们来研究最近的一个例子——它是对我们所定义的情节的强烈抨击：它做出了一种建设性的尝试，想要取代情节。

我之前提到过安德烈·纪德的《伪币制造者》。这本小说里包含了两种方法。纪德还出版了他在创作小说时所写的日记，未来他也很可能出版他重读日记和小说时的感受，然后出版一本书，对日记、小说、感想三者之间的交融总结出最终定论，那就再完美不过了。纪德的确对这一套比一般作家更上心，但放在一起仔细考量后，这确实十分有趣，值得评论家仔细研究。

首先，《伪币制造者》有一个我们一直在讨论的逻辑客观类型的情节，或者说是情节的片段。主要片段涉及一个名叫奥利维尔的年轻人，他迷人、可爱又令人同情。他错过了幸福，然后在精心设计的结局中找回了幸福，同时传递着幸福。这个片段有一种奇妙的光辉和“生命”，俗气点说，就是写得“活灵活现”，虽然我们熟悉这种情节，但作者的确有巧妙的构思。不过，它绝不是这本书的中心。同时，其他的逻辑性片段也绝非中心，比如奥利维尔的弟弟乔治使用伪币，最终导致一位同学自杀。（纪德在日记中向我们讲述了情节的灵感来源：乔治这个人物来源于一个想从书摊上偷书却被抓了现行的男孩，伪造货币的团伙是在鲁昂被捕的，孩子们的自杀发生在克莱蒙费朗，等等。）奥利维尔、乔治、三弟文森特，以及他们的朋友伯纳德都不是这本书的中心。爱德华反而更接近些。爱德华是一位小说家。他与纪德的关系就像克里索尔德[1]与威尔斯的关系。描述到这儿，想必大家已经了解了。他也像纪德一样爱写日记，也像纪德一样在写一本名叫《伪币制造者》的书，同样，他也像克里索尔德一样不被作者承认。爱德华的日记全文都呈现在了书中，它穿插在情节之间，并构成了纪德小说的主干。爱德华不仅仅是一位记录者，也是书中的人物。的确，是他救了奥利维尔，而奥利维尔也救了他。我们就不再打扰这幸福的二人了。

但这仍然不是中心。离中心最近的是关于小说艺术的讨论。爱德华和他的秘书伯纳德以及一些朋友高谈阔论。他说（在我们看来都是老生常谈了），生活中的真相和小说中的真相是不一样的，然后他接着说，他想写一本书，把这两种真相都包括在内。

---

① 赫伯特·乔治·威尔斯的小说《威廉·克里索尔德的世界》（*The World of William Clissold*）中的主人公。

“它的主题是什么？”索弗什卡问道。

“没有主题，”爱德华决然道，“我的小说没有主题。毫无疑问，这听起来很愚蠢。非要说的话，它不止有‘一个’主题……自然主义学派过去常把‘生活的一角’挂在嘴边。他们犯的错误在于，总是沿着时间的方向，纵向地切割生活。为什么不横向切割？或者交叉切割？至于我，我根本不想切割。懂我的意思吧？我想把一切都写进我的小说里，而不是东一刀西一刀切割我的素材。我已经写了一年了，能写进去的我都写了：我所看到的，我所了解的，以及我能从别人的生活和我自己的生活中学到的。”

“可怜的家伙，读者会被您给烦死的。”劳拉止不住地笑道。

“才不会。为了达到我的效果，我设计了一个小说家作为我的中心人物，而我这本书的主题将是现实为他提供的东西和他试图从中获得的东西之间的斗争。”

“您提前规划好这本书了吗？”索弗什卡问

道，试图保持严肃。

“当然没有。”

“为什么说‘当然’？”

“对于这种类型的书，任何计划都是不合适的。如果我提前定下任何细节，整本书就毁了。我准备顺其自然。”

“但我以为您想远离现实。”

“我笔下的小说家想远离现实，但我一直把他拉回来。说实话，这就是我的主题：现实提出的事实与理想现实之间的斗争。”

“请告诉我们这本书的名字。”劳拉想不出别的话来接了。

“很好。告诉他们，伯纳德。”

“《伪币制造者》。”伯纳德说，“现在请您告诉我们，这些伪币制造者究竟是谁？”

“我根本不知道。”

伯纳德和劳拉互相看了看，然后又看了看索弗什卡。一阵深深的叹息响起。

事实上，关于货币、贬值、通货膨胀、伪

造假币等概念已经逐渐侵入了爱德华的书，就像服装理论侵入了《旧衣新裁》[1]，甚至承担了人物的作用一样。“各位有人曾持有假币吗？”他停顿了一下后问道，“想象一下，一枚十法郎的金币，是假的。它实际上值几个苏，但在被发现之前，它仍然值十法郎。假设我立足于这个想法……”

“但为什么要立足于想法呢？”伯纳德忍不住爆发了，他现在气恼得不行，“为什么不立足于事实呢？如果您能恰如其分地引入事实，想法也会随之产生。如果我在写您的《伪币制造者》，我应该从一张假币开始写起，就用您刚刚所说的十法郎，您看！”

说着，伯纳德从口袋里掏出一枚十法郎的硬币，扔在桌子上。

“听着声响，”他说，“倒是一点毛病没有。我今天早上从杂货商手里买的。它价值不

① 《旧衣新裁》（*Sartor Resartus*）：苏格兰作家、哲学家、评论家托马斯·卡莱尔（Thomas Carlyle，1795—1881）的一部代表作品。

止几个苏[1]，因为它外头镀了一层金，但实际上是由玻璃制成的。过一段时间就会变透明了。哎……别擦，你会弄坏我的假币的。”

爱德华接过了硬币，正在仔细检查。

“杂货商是从哪儿弄来的？”

“他也不知道。他一开始给我，本来是想和我开个玩笑的，然后他就明明白白地告诉我了，因为他是个正派的人，我就花五法郎把它买下来了。我想，既然你在写《伪币制造者》，你就应该看看伪币究竟是什么样子，所以我才买下它给你看。现在看也看过了，就还给我吧。我很遗憾现实对你毫无兴趣。”

“是啊，”爱德华说，“我倒是对它很感兴趣，可它总不让我接近。”

伯纳德说：“真遗憾。”

这段对话才是这本书的中心。它包含了生活中的真理与艺术中的真理之对立这一古老命

---

① 苏：原法国辅助货币，1法郎等于20苏。

题，并通过一枚真正的伪币非常巧妙地说明了这一点。它的新鲜之处在于试图将这两个事实结合起来，即作者应该将自己融入自己的材料中，被裹带着滚来滚去，他们不应该再试图凌驾材料之上，他们应该希望被材料凌驾，被材料主导。至于情节，则应该将其扔进锅里，搅和搅和，再熬得软烂。就让尼采口中的“打破边界”发生吧。所有经过预先设定的都大错特错。

另一位著名评论家也同意纪德的观点。一则逸事中讲到一位老太太，她的侄女们指责她不讲逻辑。她的确一度无法理解什么是逻辑，当她掌握了逻辑的真实本质时，她与其说是愤怒，不如说是轻蔑。“逻辑！我的天哪！比垃圾还不如！”她喊道，“话都没说出口，我怎么知道我自己的想法？”她的侄女都是受过教育的年轻女性，认为她是老古董，可其实她比她们紧跟潮流。

那些了解当代法国风气的人说，如今这代人听从了纪德和老太太的建议，毅然决然地陷入了混乱之中，这会儿又羡慕起了一步一个脚印的英国小说家，因为自己所做的尝试实在是太难做到了。赞美之言谁都爱听，但这句赞美像是在背后推波助澜。这就像你本来只是想下个蛋，别人却夸你造了个抛物面——的确是少见，但未免有些莫名其妙。可要是你的本意就是想造个抛物面，结果又会如何呢？我实在无法想象——或许会要了那只母鸡的小命吧。这似乎就是纪德处境的危险之处，他就是想造个抛物面，如果他想写潜意识小说，可他却没有仔细、耐心地去研究潜意识。他在这个过程的错误阶段引入了神秘主义。不过，这毕竟是他自己的事情。作为一个评论家，他最能给人以激发和启迪，而由一大堆话语胡拼乱凑起来、被他叫作《伪币制造者》的玩意儿只会被两类人欣赏：一类是话说出口了才知道自己想法的人，一类是受够了小说中情节或人物主宰一切的人。

很明显，我们的视野中还有未涉及的残余内容，还有一些其他方面需要我们去研究。我们可能怀疑这种说法是有意识的潜意识，然而只有潜意识才能进入小说中这团模糊而巨大的剩余部分。诗歌、宗教、激情，我们还没有把它们归于原位，可我们毕竟是评论家，并且只是评论家，所以我们必须试着把它们放到合适的位置，为彩虹分门别类，就像给母亲上坟的时候也要研究清楚坟头草的植被类型一样。

因此，我们下一步必须尝试清点织就彩虹的经线和纬线，将注意力转到“幻想”这个主题上来。

六、幻想

一组讲座只要不仅仅是把几场演讲拼凑到一起，就必须有一个中心思想。同时必须有一个主题，并且上面提到的中心思想也必须贯穿这个主题。这似乎是很明显的一件事情，我们拿出来放在台面上说反而显得有些愚蠢，不过，只要是做过讲座的人都会意识到做到这一点绝非易事。一组讲座就像任何其他语言集合体一样，会产生一种氛围。它有自己的装备——讲师、听众或能提供听众的设备——每隔一段时间就会举行一次，既需要有印刷海报宣告，又需要有经济支持，尽管最后一点经常被巧妙遮掩。因此，讲座倾向以寄生的方式过着自己的生活，它和贯穿其中的中心思想开始朝一个方向移动，而主题则神不知鬼不觉地与其分道扬镳了。

现在贯穿本讲座的中心思想已经很清楚了：小说中有两种力量，一种是人，另一种是除了人之外的东西，小说家的职责是调和这两种力量，协调它们的主张和要求。这也很明显，但是否也贯穿小说呢？也许我们的主题——也就是我们读过的书——在我们高谈阔论的时候已经从我们身边溜走了，就像飞上天空的鸟儿的影子。鸟儿本身自然是很好的——它一飞冲天，既始终如一，又十分出色。影子也是很好的——它掠过道路和花园。但这两种东西之间的关系渐行渐远，直到鸟儿落地之时，它们才再次相连。文学批评，尤其关于文学批评的讲座，实在是有些误导人。无论它的意图多么崇高、它的方法多么合理，它的主题都会不知不觉地从下面溜走，讲师和听众可能会突然醒来，发现自己虽然仍在高谈阔论，可讨论的东西和自己阅读的小说一点也不沾边。

正是这件事让纪德担忧，或者更确切地说是让他担忧的事情之一，因为他生就有一颗容易焦虑的心。当我们试图将真理从一个领域移植到另一个领域，无论是从生活中到书本上，还是从书本上到讲座中，真理都会发生一些改变，它会变质，不过不是突然改变，不然我们一下子就发现了，变化是缓慢发生的。之前引用的《伪币制造者》中的一段很长的话可能会让这只鸟想起它的影子。之后，就不可能再沿用旧设备了。小说中包含的东西比时间、人、逻辑或它们的任何衍生物都要多，甚至比命运还要多。我所说的“多”不是指排除这些方面的东西，也不是指包含这些方面的东西。我指的是像一道光一样横穿它们的东西，它在一个地方与它们紧密相连，耐心地照亮它们的所有问题，而在另一个地方，就像它们不存在一样，这道光又从它们身上射出或穿透它们。我们将给这道光线起两个名字：幻想和预言。

目前为止，我们分析小说都讲述了一个故事，其中包含人物，并且有片段或情节，因此我们可以将适合菲尔丁或阿诺德·本涅特的那套装置应用于它们。但当我说出其中两本书名——《项狄传》和《白鲸》，很明显，我们就必须停下来琢磨琢磨了。鸟和影子相隔太远。我们必须找到一个新的公式：《项狄传》和《白鲸》能在同一句话里被同时提起就说明了这一点。这两本书看起来是多么风马牛不相及啊！就像地球的两极一样，这话没错。不过也和两极一样，它们有一个共同点，而赤道周围的陆地却没有这个共同点，那就是它们有着同一条地轴。斯特恩和梅尔维尔的本质属于小说的这一方面：幻想—预言的轴心。乔治·梅雷迪思也有所触及：他多多少少有些天马行空。夏洛蒂·勃朗特也是如此：她偶尔就像是一位女先知。但对于这二位而言，幻想和预言都不是关键所在。把他们这方面的特质剥去，《哈里·里士满的冒险》和《雪莉》这样的书仍不失其精华。可要是从斯特恩、梅尔维尔身上，或是从皮科克、马克斯·比尔博姆、弗吉尼亚·伍尔夫、沃尔特·德拉梅尔、威廉·贝克福德、詹姆斯·乔伊斯、D.H.劳伦斯、斯威夫特[①]等人身上剥去这种特质，那可就什么也剩不下了。

要对小说的任何方面下定义，最简单的方法无非是考虑它对读者的要求。故事要求读者有好奇心，人物考验的是情感和价值观，情节则要求读者具备智慧和记忆力。幻想对我们有什么要求？它要求我们付出额外的代价，它迫使我们进行一种不同于艺术作品所需要的调整，一种额外的调整。其他小说家说："这是你生活中可能发生的事情。"幻想家说："这是不可能发生的事情。我必须要求你首先将我的书作为一个整体接

---

① 即乔纳森·斯威夫特（Jonathan Swift，1667—1745），英国作家，代表作《格列佛游记》（*Gulliver's Travels*）。

受，其次接受我书中的某些东西。许多读者可以答应第一个请求，但对第二个接受不了。”他们说：“你明明知道书里讲的不是真事，却仍然希望它是自然发生的，又是什么牛鬼蛇神，又是什么死活生不出孩子的破事，不，这太过分了。”他们要么收回最初的让步，干脆不读了，如果他们继续读下去，也将抱着冷漠旁观的态度，他们就看着作者一个劲儿折腾，根本不管这些事情对他有什么意义。

毫无疑问，上述方法并不可靠。我们都知道艺术作品是一个实体，如此这般、如此那般。它有自己的规律，而这些规律不是日常生活的规律，只要适合它的都是真实的，那么出现几个牛鬼蛇神有什么好奇怪的呢？只要看它在书里是否合理不就行了？为什么把天使和股票经纪人区别对待？一旦进入虚构的领域，幽灵显形和债券抵押之间有什么区别？理智上我认为这个论点很有道理，但情感上我拒绝同意。小说的总基调总是十分现实，以至于一旦涉及幻想成分，就会产生一种特殊的效果：有的读者很兴奋，而有的读者则实在读不下去。由于其方法或主题的古怪，它需要你进行额外的调整，就像展览中的花絮表演一样，除了最初的入场费，你还得额外支付六便士的票钱。一些读者很高兴地付了钱，他们参加展览本就是冲着花絮节目来的，我现在的这些话也只能对他们说。其他人则义愤填膺地拒绝，而我们也要对他们致以诚挚的敬意，因为厌恶文学中的奇幻并不意味着厌恶文学，这甚至并不意味着缺乏想象力，只是人们不愿意满足它提出的某些要求。阿斯奎斯[①]先生（如果传闻属实的话）无法满足《淑女变狐狸》[②]对他的要求。他说，如果狐狸最终再次成为淑女，他本不应该反对，但事实上，他读完后却有一种不舒服的不满情绪。其实，这种感觉不论是对一位著名政治家，

① 即赫伯特·亨利·阿斯奎斯（Herbert Henry Asquith，1852—1928），英国政治家，曾任内政大臣及财政大臣，1908—1916年出任英国首相。

② 《淑女变狐狸》（*Lady into fox*）：英国作家大卫·加内特（David Garnett，1892—1981）的一部奇幻小说。

还是对一本优秀的书，都构不成任何诋毁。这仅仅意味着，虽然阿斯奎斯先生是一位真正的文学爱好者，但他不愿意支付额外的六便士，或者说就算付了，最后也想讨要回来。

所以说，幻想要求我们付出额外的代价。

现在让我们聊一聊幻想和预言之间的区别。

二者的相同点在于都有神明，但不同点在于讲的是不一样的神。这两者都有神话的意味，这使它们与小说的其他方面不同。求神再次成为可能，因此，让我们以幻想的名义，召唤所有居住在低空、浅水和小山丘上的生灵，召唤所有农牧之神、森林女神和记忆的碎片，召唤所有言语上的巧合，召唤所有潘神和双关之语，召唤坟墓这一头所有的中世纪遗物。当我们谈到预言的时候，我们不会再求神乞灵，但这种心意已经触及超越我们能力的任何事物，触及印度、希腊、斯堪的纳维亚和犹太的神，涉及坟墓那一头的所有中世纪事物，以及晨光之子路西法。根据所涉及的神话不同，我们将区分这两种小说。

那么，今天应该会有一些小小的神灵出没于我们身边，如果讲这个词不被奉为愚蠢的话，我会称它们为“小精灵”。（你相信世间有小精灵吗？不，在任何情况下都不相信。）日常生活中的东西会被拉向不同的方向，或是出于调皮，或是出于刻意。地球倾斜，聚光灯会落在你完全预料不到的事物上，虽然悲剧没有被排除在外，但会有一种偶然的气氛，仿佛一句话就能解除它的武装。幻想的力量渗透宇宙的每一个角落，但无法渗透支配宇宙的力量——作为天堂首脑的星辰，不可改变的律法大军仍然安如磐石——这类小说有一种即兴的气氛，这是其力量和魅力的秘密所在。它们可能包含扎实的人物刻画、对行为和文明深刻而尖锐的批评。然而，我们对光线的比喻必须保持不变，如果非要召唤一位神，让我们召唤使者、小偷和灵魂的引渡人赫耳墨斯[①]吧，让他们去往一个不太可怕的往生之地。

① 赫尔墨斯（Hermes）：是古希腊神话中的商业、旅者、小偷和畜牧之神，也是众神的使者，奥林匹斯十二主神之一。

现在，也许诸位会期望我这么说：一本幻想小说要求我们接受超自然现象的存在。我会这么说，但我并非自愿，因为任何关于小说题材的陈述都会将小说置于批判机器的魔爪之下，而眼下重要的是将它们从批判机器中拯救出来。比起其他小说，幻想小说的确只能通过阅读来了解其中的内容，而且它们的吸引力尤其因人而异——它们是主要节目的花絮表演。所以我宁愿尽可能地含糊其词，说它们要求我们，要么接受超自然现象的存在，要么接受它们不存在。

只要分析一下这类小说中最杰出的作品《项狄传》，这个论点自然会明确。项狄一家没什么超自然的存在，可一连串事件又在暗示它其实离得不远。最后，要是项狄先生得知儿子的身世，于绝望之中退回卧室后，里头的家具突然像《夺发记》[①]中贝琳达的梳妆台那样活了过来，或者

---

① 《夺发记》（*The Rape of the Lock*）：亚历山大·鲍普（Alexander Pope，1688—1744）的诗作，其内容为女王宫中的一位公子哥儿偷偷剪去一位宫女的一撮美发，于是引起两家激烈争吵。

托比叔叔的吊桥真的通到了小人国，[①]也不会让人觉得太奇怪吧？整部史诗般的小说中有一种像是被下了咒的停滞感：角色做得越多，成事越少，越是不该说话，就越是闭不上嘴，心里想得越凶狠，做起事来反而越心软。书里的事件有一种邪恶的倾向，总让人陷在过去的荆棘中无法自拔，而不是像处理得好的书中那样开创未来，像斯洛普博士的出诊包这样的无生命物体的顽固性是最令人怀疑的。显然，《项狄传》中隐藏着一位神，他的名字叫作“捣乱精”，有的读者就是无法接受他的存在。其实这位“捣乱精”几乎露出实质了，不过斯特恩并不想完全暴露出他的可怕面目。这就是潜伏在这部杰作背后的神，即难以言喻的混乱大军，宇宙就像一颗滚烫的栗子。也难怪另一位善于捣乱的塞缪尔·约翰逊博士在1776年会如此写道：“没有什么奇怪的事情能够长久——《项狄传》是不会流传下来的！”约翰

① 托比叔叔是《项狄传》中的一个人物，此处的“吊桥”指的是他搭建的模型，只能供小人国里的居民通过。

逊博士的文学判断并不总是令人满意，不过至少这句话说得可谓恰如其分。

我们就以以上所说作为对幻想的定义吧。幻想暗示了超自然的存在，但不需要挑明了说。不过通常都是挑明了说的，如果分类有帮助的话，我们可以列出一系列作家曾经使用过的手段。比如将神、鬼、天使、猴子、怪物、侏儒、女巫引入寻常生活，或是将普通人引入无人区、未来、过去、地球内部、第四维度，或是对人格的占卜和划分，还可能是戏仿或改编的手段。这些手段永远不会过时，它们将自然地出现在具有某种气质的作家身上，并被重新使用。但它们的数量受到严格限制，这一事实十分有趣，同时意喻那道光线只能以某些特定的方式操纵。

我将选择诺曼·马特森最近出版的一本关于女巫的书《弗莱克的魔法》作为一个典型的例子。我觉得这本书写得相当不错，于是把它推荐给了一位品鉴能力出众的朋友，但他觉得写得很烂。这就是新书令人厌烦的地方，它们无法给我们带来读经典名著时那种宁静的感觉。《弗莱克的魔法》中几乎没什么新鲜东西了，或者说幻想小说本来就没有包含新鲜东西的能力：只不过是那种许愿戒指的古老故事，它要么带来痛苦，要么什么都没有。弗莱克是一个在巴黎学习绘画的美国男孩，在一家咖啡馆里，一个女孩送给他一枚戒指。女孩声称自己是个女巫，他只需要确定自己想要什么，便可得到。为了证明自己的力量，女孩让一辆汽车从街上缓缓升起，然后在空中翻转。乘客们都没有摔倒，还装作一副若无其事的样子。此刻站在人行道上的司机无法掩饰自己的惊讶，但当他的巴士再次安全返回地面时，他却觉得回到座位上继续正常开车为妙。汽车是不会在半空中翻转的，没有这种可能。于是弗莱克收下了戒指。虽然书里对他性格的描写有些粗糙，但他还算比较有个性，这种明确性使得这本书十分扣人心弦。

接下来的情节走向越来越紧张，接连发生了一系列情节上的小冲击。运用的是苏格拉底式的方法。男孩一开始就想到要一些显而易见的东西，比如一辆劳斯莱斯，但他该把那么大的家伙放在哪里呢？要么要一位美丽的女士，但要怎么给她办身份证？要不然直接要钱？啊，这就对了——他已经穷得叮当响了。比方说要一百万美元。他都准备好转动戒指许愿了，可转念一想，为什么不干脆来个两百万呢，或者一千万，结果金钱数目越发疯狂起来。同样的事情又发生在他许愿长寿时：再活40年——不，50年——干脆100年——可怕，太可怕了。然后出现了解决方案。他一直想成为一名伟大的画家。他只要想，立马就能做到。但什么样的人才算伟大呢？乔托那样？塞尚那样？当然都不是，他想要属于自己的伟大，可他不知道那是什么样的，所以这个愿望也不可能实现。

这时，一个老妇人开始没日没夜地缠上了他。她使他隐隐想起了给他戒指的女孩。她知道他的想法，还总是在街上悄悄地走到他身边，说："亲爱的孩子，乖孩子，许愿说你要幸福吧。”我们至此才明白，她才是真正的女巫——那个女孩只不过是她用来和弗莱克接触的人类相识罢了。她是世界上最后一个女巫，活得非常孤独。其余的女巫都在18世纪自杀了，她们无法忍受在二加二等于四的牛顿世界中继续生存下去，即便到了爱因斯坦的世界，事情不再那么绝对，但她们还是没坚持下来。她一直盼着粉碎这个世界，她希望这个男孩许愿获得幸福，因为自从这枚戒指出现，还从未有过这样的愿望。

也许弗莱克是第一个陷入这种困境的现代人？旧世界的人个个不名一钱，他们很肯定自己想要什么。他们知道全能的上帝，他留着胡子，坐在离田野大约1英里上空的扶手椅上，生命很短暂却又很漫长，因为每天只有没头没脑的辛苦。

在有记载的远古时代，人们希望在高山上拥有一座美丽的城堡，并在那里住一辈子。但那座山没有那么高，透过窗户看不清三千年过往——现如今人们在平房里就能做到。在城堡里也没有插架万轴，这些都是人类从世界各个角落的沙子和泥土中挖掘出来的文字和图片；人们对龙只有一种感性的半信半疑，但不知道从前地球上只有龙存在，人类的祖先就是龙；没有在白墙上像思想一样闪烁的电影，没有留声机，没有可以让人获得加速刺激感的机器，没有第四维度的图表，没有像明尼苏达州沃特维尔小镇和法国巴黎那样生活方式的鲜明对比。城堡里光线微弱，忽隐忽现，走廊漆黑一片，房间里伸手不见五指。外面的小世界充满了阴影，住在城堡里的人脑海中浮现出了阴影、恐惧和无知。最重要的是，在山上的城堡里，没有一种令人窒息的即将到来的启示，即今天或明天人类将一举使自己的力量倍增，再次改变世界。

古老的魔法故事不过是遥远破旧的小世界里喃喃自语的想法，至少弗莱克觉得很受伤。这些故事没有给予他任何指导。他的世界和他们的世界差别太大了。

他想知道，自己是不是很轻率地放弃了幸福的愿望？可他绞尽脑汁也想不出个所以然来。他不够聪明。在古老的传说中，竟然从未有人许下过获得幸福的愿望！他也不知道为什么。

他不妨碰碰运气，看看会发生什么。光是这想法就使他颤抖。他从床上跳下来，在红色的瓷砖地板上踱步，摩拳擦掌。

“我想永远幸福，”他小声说出这句话给自己听，小心地没有碰戒指，“永远……幸福……”第二个词的两个音节就像坚硬的小鹅卵石，颇有韵律地敲击着他的想象之钟，可第一个词听起来却像一声叹息。永远……他的精神在它柔和沉重的冲击下沉沦，这个词在他的思想中化为沉闷的音乐，渐渐消逝。“永远幸福”——不！

因此，作为名副其实的幻想家，诺曼·马特森一次又一次地将魔法王国和常识生活结合起来，并使用适用于这两个王国的词语，于是他创造的混合体变得鲜活起来。我不会说这个故事的结局如何。你可能已经猜到了故事的核心寓意，富有想象力的头脑总能看到惊喜，不论何时，好的文学作品都将围绕着愿望这个概念而诞生。

把这个写超自然现象的简单例子换成更复杂的例子，转而分析一本非常有成就、写得非常出色，却又具有荒诞本质的书：马克斯·比尔博姆的《朱莱卡·多布森》。想必各位都知道多布森小姐——当然不是私下认识，否则你们现在就不会在这里了。她使牛津大学所有学生爱上自己，在八人划船竞赛周[①]全部跳水自杀，只有一个人除外，因为他是跳窗而死的。

这是一个很棒的幻想主题，但一切都取决于处理方式。它是现实主义、机智、魅力和神话的混合体，而其中神话是最重要的。马克斯借用或创造了一系列超自然体系，所以只将朱莱卡托付

① 牛津、剑桥大学举办的划船比赛，比赛时间持续一周。

给其中一种未免显得太过愚笨，因为幻想会变得太过沉重或单薄。小说中有汗流浃背的皇帝，有黑粉相间的珍珠、啼叫的猫头鹰、女神克里欧[①]的干扰、肖邦和乔治·桑的显灵、内莉·奥莫拉的鬼魂，真叫人目不暇接，让这场无比优雅精致的葬礼一直高潮不断。

他们穿过广场，穿过高地，沿着格罗夫街走过。公爵抬头望着默顿塔。奇怪的是，今晚它仍然矗立在这里，带着那肃然而又坚实的美丽，越过屋顶和烟囱凝视着玛格达伦塔，那是它的合法新娘。在未来的无数个世纪，它仍将如此站立，如此凝视。他缩了缩脖子。牛津的围墙总让人感到自己的渺小，公爵可不愿意把自己的末日看作小事一桩。

是的，所有的矿物都嘲笑我们。一岁一枯荣的植物更有同情心。在通往基督教堂草坪的铁轨上，紫丁香和金链花非常可爱，当公爵

---

① 九位缪斯女神之一的历史女神。

经过时，它们都在向他点头致意。“再见，再见，公爵大人。”它们在低语，“我们为你感到非常难过，真的非常难过。我们从来不敢想象你会比我们先死。我们认为你的死是一场巨大的悲剧。再见！也许我们会在另一个世界相遇，前提是，如果动物王国的成员像我们一样拥有不朽的灵魂。”

公爵对它们的语言一窍不通。然而，当他从这些低语的花朵之间经过时，他至少注意到了它们打招呼的好意，于是微笑着左右点头致谢，给它们留下了非常好的印象。

像这样的一段话难道没有一种严肃文学无法企及的美吗？它既有趣，又迷人，如此绚丽，却又如此深刻。对人性的批评贯穿全书，不似箭镞那般凌厉，反而像是空气精灵的翅膀般轻飘飘。这本书的结尾——这种结尾往往会对整部作品造成不可磨灭的伤害——却变得味同嚼蜡：近距离观察牛津大学所有学生的自杀并不像想象中那样令人愉快，而诺克斯的跳窗自尽更是几乎令人厌恶。尽管如此，这仍然是一部伟大的作品，是我们这个时代最协调一致的幻想小说，而预示着更多灾难将要发生的朱莱卡卧室里的最后一幕更是无可挑剔。

现在她屏住呼吸，心跳加速，凝视着镜子里的女士，却视而不见。她突然转身，飞快地走到那张放着她两本书的小桌子前，拿起火车时刻表。

只要看见有人拿起火车时刻表，我们总忍不住想说点什么。“小姐，需要我帮忙找吗？”梅丽珊德问道。

“别说话。”朱莱卡说。起初，我们总是拒绝任何想要插进我们和火车时刻表之间的人。

可到最后，我们还是会接受。“看看能不能直接从这里到剑桥，”朱莱卡说，并把那本时刻表递了过去，“如果不行——那就看看到底该怎么走。”

可我们又对这些横插一脚的人一点不信任。到了关键时刻，他们自己也不乐观。朱莱卡坐在那里，看着女仆毫无头绪地来回翻找，这种不信任渐渐升级成了愤怒。

“够了！”她突然说道，“我有一个更好的主意。你一早就到车站去，见站长。给我订一趟专列。十点钟的。”

她站起身来，双臂伸过头顶，张开嘴唇打了个哈欠，闭上时微笑了起来。她用双手把头发绾到肩后，拧成一个松散的发髻。她轻快地爬上了床，很快就睡着了。

朱莱卡的戏份到此为止了。看样子，她是去不了剑桥了，个中原因我们只能猜测是天上的神灵从中作梗，她的专列没能发车，或者依旧停在遥远的布莱切利车站呢。

我在上文曾提到了“戏仿”或“改编”的手法，现在我们来进一步研究研究。这里指的是幻想小说家采用了一些早期的作品来塑造自己的神话，并将其作为自己的框架或材料库。《约瑟夫·安德鲁斯》[①]就是一个失败的例子。菲尔丁一开始用《帕梅拉》[②]作为喜剧神话。他认为给帕梅拉创造一个兄弟会很有趣，帕梅拉是一个心地纯洁的仆人，他应该像帕梅拉拒绝B先生一样拒绝布比夫人的勾引，他还把布比夫人写成B先生的姑妈。于是，他就可以嘲笑塞缪尔·理查逊，顺便表达自己对生活的看法。然而，菲尔丁的人生观只能建立在坚实圆润的人物之上，随着亚当斯牧师和斯利普斯洛普夫人的成长，幻想戛然而止，我们得到了一部独立的作品。《约瑟夫·安德鲁斯》（在历史上有重要地位）对我们来说就是一个开错了头的例子。作者一开始在一个理查逊式的世界里扮演傻瓜，最后却又在一个他自己的世界里——汤姆·琼斯和阿米莉亚的世界——严肃起来。

---

① 《约瑟夫·安德鲁斯》（*Joseph Andrews*）：亨利·菲尔丁的首部小说。

② 《帕梅拉》（*Pamela*）：塞缪尔·理查逊的一部书信体小说。

对某些小说家来说，戏仿或改编有着巨大的优势，尤其那些可能有很多话要说，很有文学天才，但不以个人的角度看待世界的小说家，换句话说，就是不太容易塑造人物的小说家。这些人怎么开始写作？一本已经存在的书或文学传统可能会给他们带来灵感，他们可能会站在巨人的肩膀上发现一种可以作为开头的模式，他们可能待在这儿使劲观察，吸取经验。洛斯·狄金森的幻想小说《魔笛》似乎就是这样产生的：它以莫扎特的世界为神话。塔米诺、萨拉斯特罗和夜之女王站在他们的魔法王国里，为作者的思想做好准备，当这些思想被灌注进来时，他们就变得鲜活起来，一部全新且精致的作品就诞生了。另一部幻想小说也是如此，只不过它和精致扯不上关系，它就是詹姆斯·乔伊斯的《尤利西斯》。如果乔伊斯不以《奥德赛》的世界为向导，那么这一非凡的文学事件——也许也是我们这个时代最有趣的文学实验——是不可能实现的。

我只讲了《尤利西斯》的一个方面：它

当然不仅仅是一部幻想小说，它是一种试图用泥土覆盖宇宙的执着尝试，是对维多利亚主义的颠覆，一种试图让愤怒和肮脏的成功取代甜蜜和光明的尝试，一种为了地狱利益而简化人性的尝试。所有的简化都很吸引人，都会让我们远离真相（《项狄传》里的混乱倒是离真相更近），《尤利西斯》不能以它包含道德为由而拖住我们的脚步，否则我们必须讨论汉弗莱·沃德夫人[①]了。我们之所以关注它，是因为通过神话，乔伊斯能够创造出他所需要的独特舞台和人物。

这部长达四十万字的鸿篇巨制讲的只是一天之内发生的事情，场景在都柏林，主题是一场旅行——现代人从早晨到午夜，从起床到去完成平庸的工作，参加葬礼，去报社、图书馆、酒吧、厕所、产科医院，在海边闲逛，去了妓院、咖啡摊，再回到床上。它之所以具有凝聚力，完全是

① 汉弗莱·沃德夫人（Mrs Humphry Ward，1851—1920）：英国小说家。

因为它以古代英雄尤利西斯穿越希腊海洋返乡的旅程为蓝本，就像一只蝙蝠挂在檐口上。

尤利西斯本人就是利奥波德·布鲁姆[①]先生，一个被改造的犹太人，集贪婪、好色、胆小、不体面、散漫、肤浅、善良于一身，当他假装有所抱负的时候，总是处于最低谷。他试图通过身体探索生命。珀涅罗珀[②]是玛丽昂·布鲁姆太太，一位过气的女高音歌唱家，对她的追求者照单全收。第三个角色是年轻的斯蒂芬·迪达勒斯，布鲁姆认为他是自己精神上的儿子，就像尤利西斯承认泰勒马科斯是他的亲生儿子一样。斯蒂芬试图通过智慧来探索生活——我们之前在《一个青年艺术家的肖像》[③]中已经对他有所了解，现在他正被编排进这部肮脏和幻灭的史诗。他和布鲁姆于小说过半时

---

① 《尤利西斯》中的主人公。

② 《奥德赛》的主人公奥德修斯忠贞的妻子，在奥德修斯远征特洛伊失踪后，拒绝了所有求婚者，一直等待他归来。

③ 《一个青年艺术家的肖像》（*A Portrait of the Artistasa Young Man*）：乔伊斯首部意识流小说，有自传性质。

在“夜城”中相遇（部分对应于荷马笔下的喀耳刻宫，部分对应于尤利西斯坠入地狱的经历），在神秘而肮脏的小巷里，他们结下了微薄但真挚的友谊。这正是这本书的高潮，在这里——甚至全书的字里行间——遍布着一个个更小的神话，就像毒蛇鳞片之间的害虫一样。天堂和人间充满了地狱极恶，人性融化，两性互换，直到整个宇宙——包括贫穷的、热爱享乐的布鲁姆先生——都卷入了一场无趣的狂欢之中。

它效果如何？不算成功。无论是尤维纳利斯[①]、斯威夫特，还是乔伊斯，文学中的愤懑之作从来都无法取得成功，文字中有些东西与“愤懑”的简单性格格不入。“夜城”的场景除了作为一个幻想故事、一个可怕的回忆组合外，并没有什么出彩的地方。在这个方向上能达成的效果都已经达成了，可在这本书中，类似的实验无处

① 尤维纳利斯（Decimus Junius Juvenalis，约60—约140）：亦译玉外纳，古罗马诗人。

不在，目的是将所有的东西，尤其文明和艺术，从里到外颠倒过来，从而贬低它们。一些狂热者可能认为《尤利西斯》不应该在这里被提及，而应该出现在之后的“预言”标题下，我理解这种批评。但我今天更愿意把它与《项狄传》《弗莱克的魔法》《朱莱卡·多布森》和《魔笛》一起提及，因为乔伊斯的愤怒就像其他作家更快乐或更平静的心情一样，似乎本质上是奇幻的，而且缺少我们接下来马上就要讲到的调子。

我们必须更进一步且更谨慎地探讨“神话”这个概念。

七、预言

狭义的预言即预言未来，与我们关联不大，它也可以是一种对正义的呼吁，这也与我们无关。今天我们感兴趣的，或者说我们必须做出回应的（因为“兴趣”现在变成了一个不恰当的词），是小说家声音中的一种腔调，一种我们在幻想的长笛和萨克斯风合奏中已经很熟悉的腔调。这种小说家的主题是宇宙，或者关于宇宙的东西，但他不一定会“说出”关于宇宙的事情。他提议唱歌，而小说大厅里出现歌声一定会给我们带来震撼。这首歌曲将如何与人之常情相结合？我们不免自问，并且答案一定是“不太好”：歌手不总是有空间做手势、摆造型，难免会打破桌子和椅子，于是受到吟游诗人影响的小说经常有种一地鸡毛的氛围，就像地震或儿童嬉闹过后的客厅。D.H.劳伦斯的读者应该会理解我的意思。

我们这里所说的“预言”指的是一种腔调。其中包含人类的任何信仰，或者仅仅是将人类的爱意、恨意提升至远远超出正常容器所能容纳的程度，至于作家到底以哪种特定视角观察宇宙，则与我们关系不大。真正的重中之重，而且必然会渗透在小说家字里行间的是他的暗示，因此这一讲的内容一定会显得既模糊，又宽泛，不过或许更能讲到风格的细枝末节之处。我们必须注意小说家的心境和他使用的实际语言，我们将尽可能忽略常识问题。当然也只是“尽可能”而已，因为所有的小说都有桌子和椅子，大多数小说读者都会先找它们。在我们遣责他装腔作势和歪曲事实之前，我们必须了解他的视角。他根本没有去看桌子和椅子，这就是为什么它们失了真。我们只看到他没有在意的事情，而看不到他真正关注的角度，所以盲目地去嘲笑他。

我说过，小说的每一个方面都要求读者具有不同的品质。“预言”这一方面需要两个品质：谦逊和暂时摒弃幽默感。对谦逊这种品质，我从来都没什么好感。在人生的许多阶段，一直保持谦逊是一个巨大的错误，一不小心就堕落成了懦弱或者虚伪。不过眼下我们正好需要这种品质。没有它的帮助，我们将听不到先知的声音，我们的眼睛将看到一个可笑的形象，而不是他的荣耀。还有幽默感——在此处显得格格不入：在受过教育的人身上，这种值得尊敬的品质必须被搁置一旁。就像《圣经》中的学童一样，总忍不住嘲笑一位先知，毕竟他光秃秃的脑袋实在惹人捧腹，但人们可以忽略这种笑声，并意识到它没有任何关键价值，只有粗鄙之人才会在意它罢了。

让我们看看预言小说家与非预言小说家之间有何区别。

有这么两位小说家，他们都是在基督教的环境中长大的，他们都怀疑教义并离开了教会，但他们没有背弃，也不想背弃基督教精神，他们都将其解释为一种爱的精神。他们都认为罪恶总是会受到惩罚的，惩罚是一种净化，对于这一过程，两人并不像古希腊人或现代印度人那般超然，而是热泪盈眶地密切关注。他们觉得，怜悯是道德运用其逻辑所营造的氛围，否则道德就显得太过粗糙且毫无意义。如果一个罪人在治愈过程中没有得到天国的额外恩泽，那么他被惩罚和治愈的意义何在？这种恩泽又从何而来？不是出于机械的情节，而是出于过程发生的氛围，来自（他们所认为的）上帝的特质——爱和怜悯。

这两位小说家一定很相似！然而，其中一个是乔治·艾略特，另一个是陀思妥耶夫斯基。

有人会说，可是陀思妥耶夫斯基有远见啊。

乔治·艾略特又何尝不是？要区分二人并不是那么容易，但我们必须这么做。如果我选取他们作品中的两段话读出来，他们之间的区别就会立刻明确起来。对分类者来说，这两段话看起来很相似，可对任何一个善于倾听之人来说，这两段话仿佛来自不同的世界。

我会先读出自《亚当·贝德》中的一段，五十年前，这段文字曾十分著名。海蒂因杀害私生子而被判死刑，眼下已锒铛入狱。她不肯认罪，她很固执，无意悔改。卫理公会教徒黛娜来看望她，并试图打动她。

黛娜开始怀疑海蒂是否意识到坐在她身边的是谁，但她越来越感觉到上帝的存在，仿佛她自己也是其中的一部分，仿佛上帝的怜悯在她心中跳动，决意拯救这个无助的人。最后她终于忍不住开口说话，想要弄清楚海蒂对现状究竟了解多少。

“海蒂，”她说，“你知道坐在你身边的是

谁吗？”

“知道，”海蒂慢吞吞地回答，“是黛娜。”然后，停顿了一下，补充道，“但你帮不了我。你左右不了他们，他们会在星期一绞死我，现在已经星期五了。”

“但是，海蒂，除了我，这个牢房里还有其他人，有一个离你很近的人。”

海蒂惊恐地低声说：“谁？”

“有一个人在你遭受所有的罪恶和苦难时陪着你，他知道你的每一个想法，他看到你去了哪里，你在哪里倒下又站起来，你试图在黑暗中隐藏的一切所作所为。到了星期一，当我无法跟随你，当我的手臂无法触及你，当死亡将我们分开时，现在和你在一起、明晓一切的上帝，到时仍将在你身边。在他面前，我们是生是死，都没有区别。”

“噢，黛娜，难道没有人能帮帮我吗？他们真的会把我绞死吗？……他们让我活下去就好了……帮帮我……我不能像你一样去感受……我的心已经僵硬了。”

黛娜紧握住那抓着她的手，从灵魂深处发出声音：“……来吧，伟大的救世主！让死者听到你的声音，让盲人的眼睛睁开，让她看到上帝就在她身边，让她为将她与上帝隔绝的罪恶而颤抖。融化她坚硬的心，打开她紧闭的嘴唇，让她用整个灵魂呼喊：‘父啊，我有罪。’”

“黛娜，”海蒂抽泣着搂住黛娜的脖子，“我说……我会告诉你……我不会再隐瞒了。我的确那么做了，黛娜……我埋在树林里……小婴儿……然后他哭了……我听到他哭了……离我很远……整晚……我又回去了，因为他哭了。”

她停顿了一下，然后用更大声的恳求语气急匆匆地接着往下说：“但我想，也许他不会死，也许有人会找到他。我没有杀他，没有亲手杀他。我把他放在那里，把他盖起来，我回去的时候，他就不见了。直到我发现孩子不见了，我才知道自己的感受。当我把他放在那里时，原本希望有人找到他，救他一命，可我发现他不见了时，我却被吓呆了，像块石头，心里充满了恐惧。我一下也动不了，感觉自己虚弱极了。我知道我不能逃跑，每个看到我的人都知道孩子的事。我的心像石头一样。我没了盼头，什么也不想做，好像我应该永远待在那里，什么都不会改变。但他们来了，把我带走了。”

海蒂沉默了下来，但她又打了个寒战，好像后面还有什么话没说似的。黛娜等待着，因为她的心中积满了情感，仿佛还没张口，眼泪就会落下。最后海蒂哭了起来：“黛娜，既然现在我已经把一切都告诉你了，你认为上帝会带走那个哭声和树林里的那个地方吗？”

“让我们祈祷吧，可怜的罪人。让我们再次跪下，向上帝祈祷。”

我如此掐头去尾地引用，对这一幕未免有失公允。乔治·艾略特的功力体现在厚重的文风上，她写不来精密短小的东西。这一幕写得真诚、坚实、可悲，并渗透着基督精神。黛娜召唤的神对作家来说也是一种活生生的力量：他并不是为了激发读者的感情而来的，他是人类错误和苦难的自然伴随者。

接下来，我们选取《卡拉马佐夫兄弟》中的一个场景作为对比（米卡被指控杀害了父亲，虽然他实际上没那么做，却的确有杀父之心）。

证人的传讯终于完了，他们着手为笔录定稿。米卡从椅子上站起来，走到窗子后面的角落里，躺在盖着毯子的大箱子上，马上沉沉睡去。

他做了一个奇怪的梦，同此时此地的境况完全不相关的梦。

他仿佛正在很早以前他尚在军队里服役时待过的荒原上赶路，坐在一辆两匹马拉的大车上，由一个农民赶着车，雨雪交加。米卡觉得有点冷，是十一月初的天气，下着湿漉漉的大片雪花，一落在地上，立即融化。农民把车赶得十分麻利，用力地挥着鞭子，他的胡须是淡褐色的，很长，看起来有五十岁左右，还并不年迈，穿着乡下人常穿的灰色罩衫。不远处有一个村庄，能看见许多乌黑的农舍都已烧掉了一半，只剩下些烧焦的木头矗在那里。许多村妇成排地站在村口的路旁，都面黄肌瘦的。特别是边上的一个高个子女人，瘦骨嶙峋，看来有四十岁，也许只有二十岁，脸又瘦又长，抱着一个正在啼哭的婴孩，大概她的乳房干瘪得连一滴奶都没有了。这婴孩哭个不停，伸着两条光光的胳膊，小手握着拳头，冻得肤色完全发青了。

“他们为什么哭？他们在哭什么？”在马车飞跑过他们面前的时候，米卡问。

“娃娃，”马车夫回答他，“娃娃哭呢。”

使米卡惊讶的是他用乡下人的口气说着“娃娃”。他很喜欢听这农民说“娃娃”两个字：这样更显得充满怜惜。

“他为什么哭？”米卡像傻子似的追问不休，“胳膊为什么光光的？为什么不把他裹好？”

“这娃娃身上冷，衣服太凉，暖不过来。”

“为什么这样？为什么？”愚蠢的米卡还是不肯罢休。

“穷呀，遭了火灾，没饭吃，只好求人接济。”

“不，不。”米卡似乎还不明白，“你说，为什么那些遭了火灾的母亲站在那里？为什么人们这么穷？为什么这娃娃这么穷？为什么荒原上一片光秃秃？为什么他们不拥抱接吻？为什么不唱欢乐的歌？为什么他们被贫困灾祸弄得这样浑身黧黑？为什么不给娃娃东西吃？”

他感到自己虽然问得有点发疯，毫无理智，但是他一定要这样问，而且必须这样问。他还感到他的心里涌起一种从未有过的怜惜之情，他想哭泣，想要为大家做点什么事情，让婴孩再也不啼哭，让婴孩的干瘦黧黑的母亲也不再哭泣，让世上从此再也没有人流泪。而且必须立刻去做，不要耽搁，不管任何障碍，带着卡拉马佐夫式的不顾一切的精神。“我也要同你一块儿去，我从此再也不离开你，一辈子同你一块儿去。”他的耳旁响起了格鲁申卡那可爱的感情洋溢的话。他的整颗心在燃烧，奔向这光明，他想生活下去，生活下去，向前走，向前走，走上一条新的大路，走向正在向他召唤的新的光明，越快越好，越快越好，现在就去，立刻就去!

“什么？到什么地方去？”他喊着，睁开眼睛，在箱子上坐了起来，似乎从昏睡中完全醒来了，快乐地微笑着。尼古拉·帕尔费诺维奇正站在他的面前，请他在听人宣读以后，在笔录上签字。米卡估计自己睡了一个钟头，但是他没有去听尼古拉·帕尔费诺维奇说话。他突然吃惊地发现他的脑袋下面有一个枕头，在他疲惫地倒在箱子上的时候是没有的。

“谁在我头下放了枕头？谁这么好心？”他怀着一种欢欣感激的心情，带着哭腔叫了起来，似乎人家赐给了他不知多大的恩惠。这好心人始终没有找出来，也许是见证人中的什么人，或者是尼古拉·帕尔费诺维奇的书记，出于怜悯心叫人家取一个枕头来给他枕上的。但不管怎样，他的整个心灵似乎由于流泪而战栗了。他走近桌旁，宣布他准备在不管是什么的东西上签字。

“我做了一个好梦，诸位。”他用有点古怪的口气说，露出一种新的、闪耀着喜悦的脸色。

现在，这两个段落的区别应该显而易见了。第一位作家是传教士，第二位是预言家。乔治·艾略特谈论上帝，但从不改变她的焦点。上帝和桌子、椅子都在同一个平面上，因此，我们一刻也没有感觉到整个宇宙都需要怜悯和爱，只有海蒂的牢房里才需要这些。在陀思妥耶夫斯基的作品中，人物和情境总是比其自身更重要，他们身上都带有“永恒”的烙印。尽管他们仍然是个体，但又向外拓展去拥抱永恒，并召唤永恒拥抱自己。人们可以套用锡耶纳的凯瑟琳[①]的说

① 锡耶纳的凯瑟琳（Catherine of Siena，1347—1380）：意大利文艺复兴时期著名女圣徒。

法，即上帝在灵魂里，灵魂在上帝里，就像大海在鱼里，鱼在海里一样。他写的每一句话都暗示着这种延伸，而这种延伸是他作品的主要方面。他是一位普通意义上的伟大小说家，也就是说，他的人物与普通生活有关，也生活在他们自己的环境中，会发生一些让我们兴奋的事件，等等。但同时他也有预言家的伟大，我们的普通标准不适用于他。

这就是海蒂和米卡之间的鸿沟，尽管他们生活在相同的道德和神话世界。海蒂这个角色本身已经足够了，她是一个可怜的女孩，受引导去坦白自己的罪行，从而获得了更好的心境。但米卡这个角色只有其本身是不够的，他只有通过他暗示的意味才变得真实，他的思想根本不成框架。就这个角色本身而言，他似乎被扭曲了，变得四分五裂。我们开始替他解释，并说他非常感激枕头，因为他过度劳累，这的确很像俄罗斯人的做派。我们无法理解他，直到我们看到这个角色的延展性，陀思妥耶夫斯基关注的部分不在那个箱子上，甚至不在梦境中，而是在一个可以与其他人类结合的区域。米卡就是我们所有人，阿尔约沙也是，斯梅尔迪亚科夫也是。[①]他是预言家的愿景，也是小说家的创作。他并没有成为我们所有人，他只是米卡，就像海蒂是海蒂一样。通过爱和怜悯成就的延伸、融化和统一发生在一个只可意会的领域，而小说可能并非到达这个领域的最佳方法。卡拉马佐夫、迈什金和拉斯柯尔尼科夫的世界，[②]还有我们即将进入的《白鲸》世界，既不是面纱，也不是寓言，它只是一个普通的小说世界，但它可以向后延伸。不久前，我们认为伯特伦夫人和哈巴狗坐在沙发上的那个小小的幽默形象，可能会帮助我们解决这些更深层次的问题。我们认定伯特伦夫人是一个扁平的角色，能够在情节需要时延伸成

---

① 即卡拉马佐夫三兄弟。

② 迈什金和拉斯柯尔尼科夫分别是陀思妥耶夫斯基的小说《白痴》和《罪与罚》中的主人公。

圆形。米卡已经是圆形人物了，却依然能够继续延伸。他没有隐瞒任何东西（神秘主义），他也没有任何象征意义（象征主义），他只是德米特里·卡拉马佐夫，但仅仅是陀思妥耶夫斯基笔下的一个人就意味着要与所有人类联系起来。因此，巨大的洪流滚动起来，这对我来说就是这一段结尾的一句话：“我做了一个好梦，诸位。”我也做了那个好梦吗？不，陀思妥耶夫斯基笔下的人物要求我们分享的是比他们的经历更深刻的东西。他们向我们传达的感觉甚至有一部分是生理上的，即沉入半透明的球体，看到我们的经验飘浮在我们上方远处的球体表面，微小而遥远，但的确是属于我们的。我们仍然是人类，我们没有放弃任何东西，但已经变得“海在鱼里，鱼在海里”了。

在这里，我们触及了主题的极限。我们不关心预言的具体信息，或者更确切地说（因为内容和方法不能完全分开），我们尽可能少地关心它。重要的是预言者的腔调、他的歌声。

海蒂在监狱里可能做那个好梦，这对她来说是真的，令她宽慰，但这个梦必将戛然而止。黛娜会说她很高兴，海蒂会讲述她的梦，但梦中情景一定与米卡的梦不同，在逻辑上会与这场危机有关，乔治·艾略特会说一些关于好梦的合情合理又富有同情心的话，以及它们对饱受折磨的心灵有什么莫名其妙的帮助。这两个场景、两本书、两个作家在某些方面是多么相似，又多么不同。

现在出现另一个论点。即使这位预言家仅仅被视为小说家，也具有某些不可思议的优势，因此，有时甚至出于只是看他如何描写桌椅的目的，我们也值得将他引入客厅。也许他会粉碎或扭曲某些东西，但他也可能让某些东西发光。正如我所说的，幻想家操纵着一束光，偶尔会碰到那些被常识之手刻意地掸去灰尘的物体，使得它们比在日常生活中更生动。这种间歇性的现实主义充斥于陀思妥耶夫斯基和赫尔曼·梅尔维尔的所有伟大作品中。陀思妥耶夫斯基可以耐心而又准确地描写一段审判或者一段楼梯的外观。梅尔维尔可以对鲸鱼的产品进行细致烦琐的分类（“我从来都觉得简单的东西最复杂。”他如此说道）。D.H.劳伦斯可以耐心地描写一片草地和鲜花，或是弗里曼特尔的港口。有时候，前景中的小事情似乎是预言家所关心的一切，像两次嬉戏之间的孩子一样，他安静又忙碌地坐在它们中间。在这些间歇期，他到底是什么感受？是另一种形式的兴奋，还是在休息？我们无从得知。毫无疑问，这是A.E.[①]做奶油时，或者克洛岱尔[②]做外交官时的感受。但到底是什么样的感受？无论如何，它的确刻画了这些小说的特点，并赋予了它们在艺术作品中总是具有争议的东西：粗糙的表面。当它们从我们的眼皮底下经过时，它们的表面坑洼不平，从我们身上引来了各种

① 爱尔兰诗人、作家、画家乔治·威廉·罗素（George William Russell，1867—1935）的笔名。

② 即保尔·克洛岱尔（Paul Claudel，1868—1955），法国诗人、剧作家、外交官。

赞同和反对的声音。当它们过去后，粗糙的一面被遗忘，它们变得像月亮一样晶莹光滑。

这样一来，预言小说似乎有着明确的特征。它需要我们的谦逊和摒弃幽默感。它能够不断向后延伸，虽然我们不能从陀思妥耶夫斯基的例子中就妄下定论，它总是能触及怜悯和爱。但它至少偶尔能做到写实。它给我们一种歌曲或声音的感觉。它不同于幻想小说，因为它朝向的是统一，而幻想则东张西望。预言小说的混乱是偶然的，而幻想小说的混乱是根本的。《项狄传》就应该是一地鸡毛，《朱莱卡·多布森》就应该是一系列面目一新的神话。此外，人们想象中的预言家要比幻想家更“离经叛道”，他在创作时处于更捉摸不透的情绪状态。没有多少小说家有这方面的特质。爱伦·坡太偶然了。霍桑则是过于担心个人救赎的问题，有些自缚手脚。哈代作为哲学家和大诗人，似乎有自己的主张，但哈代的小说都是概括性的，它们不会发出声音。作家们的确是向后坐了，但人物并没有发生延展。作家让他们的手臂在空中上下挥动，向我们展示。也许我们会对他们的痛苦感同身受，但永远无法延伸。我的意思是，裘德永远不会像米卡那样挺身而出，通过说“绅士们，我做了一个噩梦”来释放我们的情绪。康拉德的处境也与哈代类似，他的声音也就是马洛[①]的声音，充满了世间俗事而无法歌唱，它被许多错误和美好的回忆所掩盖，因为经历太丰富，所以无法超越因果界限。拥有一种哲学，甚至像哈代和康拉德那样的诗意和情感哲学，就会引发对生活和事物的思考。而预言家不会反思，更不会细细琢磨。这就是我们排除乔伊斯的原因。乔伊斯身上有许多类似预言家的特质，他表现出（尤其在《一位青年艺术家的肖像》中）对邪恶的极富想象力的把握。但他的手法过于熟练、匠气太重，四处寻找合适的工具，反而削弱了他塑造的世界。尽管他内心很松弛，但他总是表

① 康拉德作品中的人物。

现得太紧张，除非刻意之下，否则他从不含糊，他只会说个不停，却从不歌唱。

因此，尽管我相信这场讲座是关于小说的真实方面，而不是凭空捏造，但我只能想到四位作家来说明这一点，即陀思妥耶夫斯基、梅尔维尔、D.H.劳伦斯和艾米莉·勃朗特。艾米莉·勃朗特我们留待最后去讲，前面已经提到了陀思妥耶夫斯基，现在梅尔维尔是画面的中心，而梅尔维尔的中心则是《白鲸》。

只要我们把《白鲸》当作一段奇闻趣事，或者中间穿插一些诗歌的捕鲸记录，它就不是一本难读的书。但一旦我们抓住了隐藏其中的歌曲，它就变得晦涩艰深起来，并且非常重要。把《白鲸》的精神主题凝练压缩一下，便得出了一场与邪恶的斗争，但过程太久或方式不对。白鲸是邪恶的化身，亚哈船长在无休止的追击中变得扭曲，最后，他的侠客行为变成了纯粹的复仇。这些词句就是这本书的象征，但并不能像把它当作奇闻趣事那样，使我们对它的理解更深刻——八成还把我们往反方向带了，因为它们可能会错误地引导我们把书中事件一视同仁，从而失去它们的粗糙质感和丰富内涵。我们可以保留斗争的理念：所有的行动都是一场战斗，唯一的幸福在于和平。但究竟是谁与谁的斗争？如果我们说是善与恶，或者两种无法调和的邪恶之间的斗争，那就错了。《白鲸》的精髓、它的预言之歌，就像暗流一样在行动和表面的道德之间流动。它在言语之外。即使到了最后，当船上的天国之鸟被钉在桅杆上，空棺材从旋涡中弹出，将以实玛利带回了世界，就算这样，我们也抓不住那首歌的歌词。断断续续的重音一直存在，但始终没有明确的解决方案，至少绝对没有延伸至普遍的怜悯和爱，没有延伸至“我做了一个好梦，诸位”。

这本书的非凡性质体现在书中两个早期事件中——关于约拿的布道和以实玛利与魁魁格的友谊。

这场布道与基督教无关。它要求的是不计回报的忍耐和忠诚。牧师“跪在讲道坛前，将棕色的大手交叉在胸前，抬起闭着的眼睛，虔诚地祈祷，仿佛跪在海底祈祷”。他结束布道时的那种欢愉比起威胁更加可怕。

在这个卑鄙、险诈的世界的船已在他脚下沉没时，自己坚强的胳膊还撑得住的人，愿他愉悦。在真理上毫不饶恕，把一切罪恶都杀尽、烧光、毁净，即便这些罪恶是他从参议院和法官的袍服下拉出来的人，愿他愉悦。那个不认得别的律法和主宰，只认得救主耶和华，只对上天忠诚的人，愿他愉悦，至上的愉悦。那个在群氓之海的狂涛巨浪中永远动摇不了他那牢固的经年的龙骨的人，愿他愉悦。永恒的愉悦和欢愉将属于他，属于那个虽然行将就木，却在弥留时分还会如是说的人——我的父呵！——首先使我认识的是你的威力——不管是进地狱还是永垂不朽，我这就死了。我竭力想属于你，努力的程度远远超过想属于这个世界，远远超过想属于我自己。然而，这是微不足道的：我祝福你永生。一个竟想活得比他的上帝还长命的人，算什么人呢？

我相信，在书的结尾，最后一场灾难降临之前遇到的最后一艘船被称为“喜悦号”，这绝非偶然为之。它是一艘凶兆之船，也曾遇到了白鲸，被它击得粉碎。但我说不出在预言家本人心中，这两者有何关联，想必他自己也说不出。

此番布道结束后，以实玛利立即与食人者魁魁格结成了莫逆之交，看样子这本书要变成一部歌颂兄弟情深、患难与共的小说了。但人际关系对梅尔维尔来说意义不大，在怪诞而暴力的登场之后，魁魁格这个人物就几乎消失不见了。注意是“几乎”，不是完全消失。到了结尾，他病倒了，给他的棺材都做好了，后来他又痊愈了，棺材也没派上用场。正是这具棺材，作为救生圈，将以实玛利从最后的旋涡中救了出来，这次也不是巧合，而是梅尔维尔脑海中浮现出的一种未经事先设计的联系。《白鲸》这本书内涵丰富，但它本身的意义如何，又是另一个问题。把“喜悦号”或棺材看成某种象征是错误的，因为即使这种象征是正确的，这本书的生命力也消散殆尽了。关于《白鲸》，除了它讲的是一场斗争，就没什么可说的了，剩下的就是那首歌了。

梅尔维尔的作品，其力量在很大程度上来自他对于邪恶的观念。通常小说中对邪恶的想象都很薄弱，最多表现为不端行为，也很少避开神秘的阴云。对大多数小说家来说，邪恶要么与性有关，要么具有社会意义，或者是一些非常模糊的东西，要用带有诗歌含义的特殊风格来表述才最合适。小说家希望邪恶存在，希望它可以善意地帮助他们发展情节，而邪恶可没这么好说话，通常会以恶棍的模样来阻碍他们，比如洛夫莱斯[①]和乌利亚·希普[②]，他们对作者的伤害比对其他

① 塞缪尔·理查逊的书信体小说《克拉丽莎·哈娄》（*Clarissa Harlowe*）中的人物。

② 狄更斯的小说《大卫·科波菲尔》中的人物。

角色的伤害更大。至于真正的恶棍，我们还得看梅尔维尔的一个短篇故事《比利·巴德》[①]。

这是一部短篇小说，但不得不提，因为通过它，我们才能更好地理解他的其他作品。故事发生在诺尔兵变后不久的一艘英国军舰上。虽然设计感过重，但又不缺真实感。男主角是一名年轻的水手，他虽然心善，可比起阿尔约沙，他这点善良又显得微不足道。但是他的善良太过刺眼，除非有相应的邪恶与之针锋相对，否则这种美德是不可能存在的。他这个人并不强势，是他心中的正义之光骚动不已。从表面上看，他是一个天真快乐的小伙子，体格健美，只有口吃这一点小缺陷，可最终也是这一点毁了他。他“落入了一个布满吃人陷阱的世界，要想破解这些巧妙的机关，还须有些下作的防人之心，单纯的勇气是无济于事的。而在道德危急关头，人类的天真无邪却并不总能磨砺人的才能或启迪人的意志”。

---

① 仅见于一本小说集。我对它的了解，以及其他许多方面，都要感谢约翰·弗里曼先生那本令人钦佩的关于梅尔维尔的专著。——原注

海军军官克拉加特看到他就认为他是敌人——他自己的敌人，因为克拉加特是邪恶的。这再次体现了亚哈和白鲸之间的较量，不过这一次双方的角色更加明确，我们离预言更远了，离道德和常识更近了。但也没那么近。克拉加特远非普通的恶棍。

自然地，堕落具有某些负面的长处，充当它沉默的辅助。不妨说，天生的邪恶本就无关小奸小恶。它自有一种非凡的自豪感，从不唯利是图。简言之，这里的邪恶绝非肮脏或淫秽。它十分严肃，但并不尖酸刻薄。

克拉加特指控比利试图煽动叛乱。这个指控很荒谬，没有人相信，结果却是致命的。因为当比利被传唤证明自己无罪时，他紧张得说不出话，他那可笑的口吃病发作，结果他内心的力量爆发，击倒了诽谤者，要了对方的命，而他自己也被判处绞刑。

《比利·巴德》是一部遥远且脱离现实的歌曲，但并不是一首没有歌词的歌曲。它值得一读，不仅因为其自身的美感，它也是我们阅读更艰深晦涩作品的垫脚石。邪恶被贴上标签并被拟人化，而不是在海洋和大地间蔓延，梅尔维尔的思想也就能被看得更清楚了。人们在他身上注意到的是，他从不为个人担忧，所以我们在分享他的这些思想之后，也就变得更高大，而非更渺小。他没有那种令人不胜其烦的小玩意儿，也就是良知，这在严肃的作家身上常常是令人生厌的累赘，反而影响了他们的作品，比如霍桑或是马克·卢瑟福德[1]的良知。经历了现实主义最初的粗糙之后，梅尔维尔直接与浩瀚宇宙相连，融入一种超越我们自己，以至和荣耀混为一谈的黑暗和悲伤。他说："在某些情绪下，没有人能够衡量这个世界，除非投入某种像原罪一样的东西来恢复平衡。"他投入了这种无法定义的东西，平

① 马克·卢瑟福德（Mark Rutherford，1831—1913）：英国小说家、评论家。

衡得到了恢复，而他则给我们带来了和谐与短暂的救赎。

难怪D.H.劳伦斯对梅尔维尔进行了两次深入的研究，因为据我所知，劳伦斯本人是当今唯一一位预言小说家，其他人都是幻想家或传教士。他是唯一一位让歌曲在作品中占主导地位的在世的小说家，具有强烈的吟游诗人气质，而且面对批评仍能安如磐石。他之所以会招致批评，是因为他也是一个传教士，也是因为他身上的这一侧面，让他变得如此难以理解。此外，他还是一位非常聪明的传教士，知道如何玩弄会众的神经。这么说吧，就像是你毕恭毕敬地坐在预言家面前，结果心窝上却冷不丁地挨了他一脚。你哭着说："我再这么听话，还不如去死！"结果却继续听他唠叨个不停。此外，布道的主题都很激烈——煽动、谴责或抗议，以至最终你无法记住自己是否应该拥有一具身体，只能确定自己一无是处。这种欺凌以及欺凌者为达目的的甜言蜜语占据了劳伦斯作品的前景。他的伟大远不止于此，并不是像陀思妥耶夫斯基的基督精神，也不是像梅尔维尔的斗争，而是基于某种美学理念。这是巴尔德的声音，虽然手是以扫的手。[①]这位预言家正从内心放射出自然之光，使作品中每一种颜色都有光芒，每一种形式都有独特之处，这是其他方式无法获得的成就。以一个令人难忘的场景为例：《恋爱中的女人》中的一个角色在夜晚向水中扔石头，打碎月亮的影子。他为什么扔石头、这一场景象征着什么，这些并不重要。重要的是，作者不这么做，就写不出这样的月亮和水。他通过只有自己才了解的方法写出这一点，这种独特性本身就使得它们比我们想象中的更精彩。预言家回到了原点，回到我们其他人在水池边等待的地方，但我们永远不会拥有这种重新创造和召唤的力量。

---

① 巴尔德是北欧神话中的光明之神，也是春天与喜悦之神，被视为光的拟人化，和黑暗之神霍德尔是孪生兄弟。以扫是《圣经》中的人物，与雅各是孪生兄弟。

面对这种易怒又喜欢激怒他人的作者，保持谦逊并不容易，因为我们越谦逊，他的脾气反而越大。可除了保持谦逊，我又不知道该以怎样的心态去读他的作品。如果我们开始怨恨或嘲笑他，他作品中的宝藏就藏得越来越深，如果服从他也是一样。他身上有价值的东西无法用语言表达。那是人物和事物的颜色、姿态和轮廓，这是小说家惯用的手段，但经过如此不同的过程演变而成，于是它们进入了新的世界。

但艾米莉·勃朗特呢？《呼啸山庄》为什么要出现在这里？这明明是一个关于人类的故事，它里头并没有宇宙观。

我的答案是，希斯克利夫和凯瑟琳·恩肖的情感与小说中的其他情感有着不同的作用。它们并没有栖息在人物身上，而是像雷云一样围绕着他们，产生了充斥整部小说的雷暴，从洛克伍德梦见窗边的手的那一刻到希斯克利夫被发现死亡的那一瞬间为止。《呼啸山庄》充满了暴雨和狂风，这声音比言语和思想更重要。尽管这部小说很伟大，但除了希斯克利夫和年长的凯瑟琳，人们再也记不起里面的任何东西了。小说中的情节皆源于他们的分离，又终结于他们死后的团圆。难怪他们“走出了书本”，不然这样的人物还能做什么？即使他们活着的时候，他们的爱和恨也超越了他们本身。

艾米莉·勃朗特在某种程度上拥有一颗真诚而谨慎的心，她把小说的时间安排得比奥斯汀小姐的还要复杂，她把林顿和恩肖两个家庭安排得十分对称，她清楚地知道希斯克利夫获得他们两家财产的各种法律步骤。那么，她为什么故意引入混乱、混沌和风暴呢？因为她正是我们所谓的预言家，对她来说，字里行间的言外之意比这些文字本身更重要。只有在混乱中，希斯克利夫和凯瑟琳的形象才能将他们的激情释放，直到淹没房子，在荒原上流淌。《呼啸山庄》除了这两个角色，没有任何神话故事，再没有第二本伟大的书能像这样隔绝地狱与天堂了。《呼啸山庄》极富地域特征，正如它描写的地域精神一样。我们在随处可见的水塘里都可能遇见白鲸，可只有在别处都没有的蓝铃花和石灰岩中，我们才能看到这种地域精神。

总结一下，在我的脑海深处，总是对这种预言性的东西有所保留，有些人会更加强烈地保留，而有些人根本不会保留。幻想要求我们付出额外的代价，现在预言要求我们谦逊，甚至暂时摒弃幽默感。而看过一部叫《比利·巴德》的悲剧后，竟然连偷笑两声都不行了。事实上，我们必须放弃分析大多数文学和生活时的单一视角，自开始研究小说以来，我们一直用的都是这种视角，也应该选用另一套工具了。这么做对吗？另一位预言家布莱克[①]毫不怀疑这是正确的。

愿上帝保佑我们

远离单一的视角和牛顿的睡眠！

---

① 即威廉·布莱克（William Blake，1757—1827），英国浪漫主义诗人、画家。

不仅如此，他还描绘了一幅图景，牛顿手持圆规，画着可怜兮兮的三角形，而对身后白鲸掀起的滔天大浪漠不关心。很少有人会同意布莱克的观点，而同意布莱克描绘的牛顿形象的人就更少了。我们大多数人只不过是根据当下的心情摇摆不定罢了。人类的心灵不是什么神圣有尊严的器官，我看不出除了折中主义，我们还能如何真诚地运用它。我能给摇摆不定的人的唯一建议是："不要为你的前后矛盾感到骄傲。这是一种遗憾，很遗憾我们的心智竟是如此。很遗憾人类不能同时做到表现出色和内心诚实。"在本讲座的前五讲中，我们大体上用的都是相同的工具。但这一讲和上一讲，我们不得不放下它们。下一讲将会再次拾起，可我们无法肯定它们就是评论家用得最称手的工具，甚至是否存在这样的工具，我们也无法盖棺定论。

八、模式与节奏

我们的两段插曲，一段欢快，一段严肃，都已结束，现在我们回到讲座的主线上来。我们从故事开始，然后是人物，最后说到由故事衍生的情节。现在我们必须分析一些主要源于情节，同时人物和其他相关因素也有所助益的方面了。对于这一新的方面，似乎没有一个既定的文学术语用以描述——事实上，艺术发展得越枝叶繁茂，它们就越依赖彼此来相互定义。我们将首先借鉴绘画的术语，称之为“模式”。稍后我们将借用音乐的术语，称之为“节奏”。不幸的是，这两个词都是很模糊的。在将节奏或模式应用于文学时，人们往往不会挑明自己的意思，甚至一句话都不肯说全：“啊，但肯定是节奏……”或者：“啊，但如果你把它叫作模式……”

在讨论模式具体牵涉什么东西，以及读者必须具备什么样的品质来欣赏它之前，我将以两本书为例，这两本书的模式相当清晰，以至用一个图案就能形象地将它们概括出来：一本呈沙漏形，一本则呈旧时兰谢舞[①]的链式队形。

呈沙漏状的是阿纳托尔·法朗士的《塞伊斯》。[②]

小说有两个主要角色：苦行僧帕普努塞和妓女塞伊斯。帕普努塞生活在沙漠中，小说一开始，他就得到了拯救，生活得很幸福。塞伊斯在亚历山德里亚过着罪恶的生活，帕普努塞的职

① 兰谢舞：旧时欧洲的一种四方舞。

② 阿纳托尔·法朗士（Anatole France，1844—1924）是法国作家、文学评论家、社会活动家，《塞伊斯》（*Thais*）是他的一部小说。

责是拯救她。在小说的中心场景中，帕普努塞成功拯救了塞伊斯。她进入修道院，获得了救赎，因为她遇见了他。可他却因为遇见了她而陷入苦难。这两个角色以数学般的精度相遇、交叉，又远离，我们从这本书中获得的部分乐趣正是由于这一点。这就是《塞伊斯》的模式：清晰明了，给我们这个复杂艰深的论题开了个好头。《塞伊斯》中的故事也一样，事件按照时间顺序展开，这部小说的情节也是如此，两个角色因各自之前的行为而被束缚到一起，而后一步步走向未知的命运。细细琢磨下来，其中的故事吸引了我们的好奇心，情节需要我们运用智慧，模式对我们的审美提出要求，使我们以整体来看待这本书。其实我们并未将它看作沙漏，这只不过是在演讲的时候迫不得已使用的牵强叫法，现在我们已经进入讲座的高级阶段，绝不能仅仅从字面上理解它。我们只是在不自知的情况下享受了一种乐趣，当乐趣消散，就像现在一样，我们的思想终于空闲下来可以给它下个定义时，我们才会用图案来比喻它，比如沙漏。如果没有这种沙漏状的模式，小说的故事、情节以及塞伊斯和帕普努塞这两个人物都无法发挥出他们的全部力量，也不会如此动人。“模式”乍一看似乎很刻板，但它与“氛围”息息相关，而氛围则是瞬息万变的。

我们再来看一本状似链条的书：珀西·卢博克的《罗马图景》。

《罗马图景》是一部社会喜剧。叙述者是一位罗马的游客，他在罗马遇到了心肠不坏但爱耍小聪明的朋友迪林，迪林傲慢地指责他只知道盯着教堂看，说要领他去探索社会。他故作顺从地照办了，于是便像接力棒似的被不断传递，咖啡馆、画室、梵蒂冈和皇宫周围都转了个遍。到了最后，他觉得已经到了这番历练的顶点，在一座富丽堂皇却破旧不堪的宫殿里，见到的却还是那个二流货色迪林。原来迪林是这座宅子女主人的侄子，但由于势利心作祟而隐瞒了此事。于是兜兜转转，主角又回到了原点，和最开始的伙伴重聚，彼此之间先是有些困惑，然后一笑泯恩仇。

《罗马图景》之所以出色，并非在于这种“大链条”模式，毕竟谁都能排得出这种模式，而在于这种模式正与作者的意图相契合。卢博克在整个故事推进过程中精心安排了一系列小意外，并给予笔下角色们细心制定的慈悲，结果却使得角色比没有得到施舍还更悲惨几分。这是一种喜剧的氛围，但入口没那么酸涩，反而非常温和。最后，我们高兴地发现，这种氛围已经成型，两位搭档在女侯爵的客厅重新一拍即合，完成了整部小说从一开始就交代给他们的任务，之前所有的细枝末节全部被连成一线，无法分割。

《塞伊斯》和《罗马图景》是两个简单的关于模式的示例。人们很难能将一本书与一个图案进行精确的比较，尽管那些不知所云的评论家总爱把什么曲线之类的东西挂在嘴边。我们只能说（到目前为止），模式是小说的一个美学方面，虽然它受到了小说中人物、场景、词语等任何元素的滋养，但为它提供大部分养分的还是情节。在讨论情节时，我们注意到它为自己增加了美的品质，美对自己的出现还稍显惊讶：情节就像整齐利落的木工活儿，有心人自然能从中发现缪斯的身影。而逻辑修完了自己的房子，也为新房子打下了基础。此处是模式与它的材料接触最密切的点，也是我们的出发点。它主要来源于情节，仿佛密云中的一束光，在云消散以后依然清晰可见。有时美是书的“形状”，是书的整体性，是统一的。如果总是这样，我们的调查也就容易多了。但有时情况并非如此，这种时候，我就称之为节奏。目前我们还是先关注模式。

让我们仔细研究另一本有着清晰模式的小说，一本具有统一性的小说，从这个意义上讲，这本小说并不艰深晦涩，尽管它是亨利·詹姆斯的作品。我们将在其中看到模式的胜利，我们也将看到，如果作者想要自己的模式胜利，而非其他任何东西，他必须做出什么样的牺牲。

《使节》和《塞伊斯》一样，都呈沙漏状。斯特瑞瑟和查德就像帕普努塞和塞伊斯一样，也互换了位置，也正是做到了这一点，才让小说在结尾时令人拍案惊奇。故事情节复杂微妙，每一段都是通过行动、对话或冥想进行的。一切都经过精心安排，一切都显得那么严丝合缝。就连配角们也没有一个像尼西亚斯宴会上健谈的亚历山大人那样只起装饰作用。他们都对主题的阐释做了贡献，都有自己的作用。最终的效果是早就预先安排好的，先慢慢向读者揭示，并在最终到来时获得完全成功。对情节的细微处，也许读者记不起来，但由此创造的对称性经久不衰。

就让我们来追溯一下这种对称性是如何建立起来的。

斯特瑞瑟是一位多愁善感的中年美国人，受他想要迎娶的老朋友纽瑟姆夫人的委托，前往巴黎营救她的儿子查德，因为这个小伙子在那座糜烂的城市已经逐渐堕落。纽瑟姆家族是可靠的富商，靠制造一种小型家用电器赚钱。至于到底是什么电器，亨利·詹姆斯从来没明说，但过一会儿我们就会明白个中缘由。对此，威尔斯在《托诺-邦盖》中大书特书，梅雷迪思在《埃文·哈林顿》中也直言不讳，特罗洛普可以为邓斯塔尔[①]小姐随意开处方，但要詹姆斯说出他笔下的人物是怎么发家致富的，则根本不可能。这种话题有点不光彩和可笑，知道这一点就够了。如果你不惜顶着粗鲁冒犯之嫌，大胆去想象，比如按钮挂钩之类的，你大可以这么做，但与作者是没有任何关系的。

总之，不管它到底是什么，查德·纽瑟姆本该回来帮忙经营的，现在斯特瑞瑟奉命要把他带回来，把他从那种既毫无道德可言，也根本无利可图的生活中拯救出来。

斯特瑞瑟是一个典型的詹姆斯式角色——他几乎在詹姆斯所有小说中都有出现，并且是小说结构的重要组成部分。他是一个试图影响行动的观察者，影响失败后，却又获得了额外的观察机会。而其他角色则是斯特瑞瑟的观察对象，他通过从高超的眼科医生那里购买的镜片进行观察。一切都在他的视角下进行，但他又并不满足于仅

① 特罗洛普系列小说《索恩医生》（*Dr.Thorne*）中的人物。

仅观察，这就是这种手法的力量，他会带着我们一起前进，我们一边前进，一边旁观。

当他在英格兰登陆时（对詹姆斯来说，每次登陆都是一种崇高而持久的经历，正如新门监狱之于笛福一般）——当斯特瑞瑟登陆时，尽管只是旧英格兰，但他开始对自己的使命产生怀疑，而当他到达巴黎时，这种怀疑再次加深。对于查德·纽瑟姆来说，他远没有堕落，反而大有进步。他优秀出色，优雅自信，对于奉命来带走他的人能友好相待，他的朋友也都是百里挑一的人物，至于那个“纠缠不清的女人”则根本无影无踪。是巴黎让他成长并救赎了他，斯特瑞瑟自己未尝不感同身受！

他最大的不安来源于一种印象：你但凡对巴黎有一点点认同，就会让你彻底失去威信。这座宏伟灿烂的巴比伦就呈现在他面前，恍若某种闪耀神光的庞然巨物，就像一颗璀璨而坚硬的宝石，无法区分辨认，个中差异也难以识别。它闪烁着、颤抖着，融为一体，前一刻似乎全部浮出水面，下一刻又似乎全部深入水下。毫无疑问，这是查德喜欢的地方，可如果斯特瑞瑟自己也爱上了它，有了这样的纽带，两人又当如何相处？

于是，詹姆斯巧妙而坚定地设定了自己的氛围：巴黎从头到尾地照亮了整部小说，它就是小说中没有被放到台前的主角，它就是衡量人类情感的尺度。当我们读完这部小说，其中情节淡去之后，我们可以更清楚地看到它的模式，正是巴黎在沙漏的中心闪耀着光芒——无法单纯地以善良或邪恶定义的巴黎。斯特瑞瑟很快就发现了这一点，并看到查德比他自己更能意识到这一点。小说到这一阶段时，便发生了转折：毕竟，还有个与查德纠缠不清的女人。在巴黎的背后，指引他了解这座城市的是美丽而崇高的德维奥内夫人。现在斯特瑞瑟不可能继续下去了。德维奥内夫人简直是生活中所有高贵和精致的集合体，她的悲怆更是让人难以忘怀。她请求他不要带走查德，他毫不犹豫地答应了——没有丝毫挣扎，因为他内心也是这么想的——他留在巴黎不是为了抗争巴黎，而是为了巴黎而抗争。

第二批来自新世界的使节已经抵达巴黎。纽瑟姆夫人对这种极具冒犯性的拖延感到愤怒和困惑，于是派遣查德的妹妹、姐夫和他本该迎娶的女孩玛米前来。这样一来，这部小说在规定的限度内达到了最为有趣的阶段。查德的妹妹和德维奥内夫人之间上演了一番极其精彩的较量，至于玛米，下面就是我们透过斯特瑞瑟的眼睛看到的可怜的玛米。

不论是孩提时代，还是“豆蔻年华”，或是到了花朵绽放的年纪，玛米在故乡那几乎从未关闭的家门中都毫不遮掩地把自己展现给他。在他记忆中，她一开始有些大胆冲动，后来又十分腼腆——因为他曾有一段时间在纽瑟姆太太的客厅中讲授英国文学——最后又变得非常主动。但他对两人的交往没什么感觉，因为照伍尔利特镇上的做法，最新鲜的花蕾是不该和皱皱巴巴的冬苹果待在同一个篮子里的……现在，当他和这位迷人的女孩坐在一起时，他却感到自己信心倍增。因为说到底，尽管她有些自由放纵的习惯，但她的确十分迷人。她确实迷人，尽管如果他不这么认为的话，也许又会觉得她有些“滑稽”。没错，她就是既滑稽又迷人的玛米，可她自己却做梦也想不到。她温柔如水，很有新娘子的味道——可他又怎么也想不出她身边有新郎是什么情形。她美丽、丰腴、外向、健谈，温柔甜蜜到几乎令人不安。如果挑剔一些来看，她穿得不像年轻女子，反而像老太太——如果斯特瑞瑟觉得世上真有那么喜好虚荣的老太太的话。她复杂的发型也不像年轻姑娘那样松散。当她把光滑鲜嫩的双手放在胸前时，她又有了一种成熟的风韵，身体稍稍前倾，仿佛在表达鼓励和奖赏。这一切组合在一起，使她拥有了“待客”的魅力，仿佛她总是坐在两扇窗户之间，眼前是叮当作响的冰激凌盘子，嘴里念叨着她最喜欢“接待”的爱交朋友的宾客名单。

玛米，她是亨利·詹姆斯笔下另一类的典型人物。他几乎每部小说中都有她的身影——《波因顿的珍藏品》中的杰雷斯太太，或《一位女士的肖像》中的亨丽埃塔·斯塔克波尔。他非常善于立刻表明一个人物只是二流角色，缺乏敏感度，浑身透着世俗的气质，并对此不断地加以强调。他赋予这样一个人物如此多的生命力，这种荒诞性反而令人兴趣十足。

斯特瑞瑟改变了立场，也失去了迎娶纽瑟姆夫人的所有可能。巴黎大获全胜，但他又发现了一些新的东西。查德身上的优点是不是演出来的？对于查德来说，巴黎是否只是狂欢之地？这种担忧得到了证实。他独自去乡村散步，傍晚时分，他遇到了查德与德维奥内夫人。他们在船上，假装没看见他，因为他们的关系说白了不过是男女私会，被他撞见了难免羞愧。他们不过希望在激情消退之前，找一家客栈悄悄过一个周末。因为激情终将消散，最终查德会厌倦这个精致的法国女人，她只不过是萍水相逢的一段艳遇罢了。他会回到母亲身边，继续从事家具制造的行当，然后迎娶玛米。两人对此心照不宣，尽管他们试图隐瞒，但斯特瑞瑟还是看穿了一切：他们在撒谎，其实他们也是粗鄙之人，包括德维奥内夫人，包括她的悲怆言辞，也难免堕入凡俗。

就像空中迎面吹来一阵凛冽寒风，他几乎感到恐惧：一个那么精致优雅的人，竟然在神秘力量的作用下任由别人拿捏。因为归根结底，这些事情是很神秘的：她费力塑造了一番，可查德还是本来的样子，她凭什么认为自己把查德塑造得极为优秀了呢？她已经让他变得更好，变得最好，变得完美无缺。可是说来也怪，我们的朋友却觉得查德还是那个查德。她的塑造尽管令人钦佩，严格来说也只是属于人工的范畴罢了。简而言之，不过是共同享受尘世的欢愉、安慰和脱轨——不论你如何分类——的同伴，竟能得到如此超凡的珍重，也的确是奇事一件了。

在他看来，她今晚有些显老，不像以前那么不受岁月摧残。但她仍旧是他这辈子遇见过的最精巧、最优雅的造物，最快乐的精灵。不过他却看出此时她也有了庸俗的烦恼，就像女仆为心仪的小伙子哭泣那样。唯一的区别是，她知道自己这样不好，而女仆却不然。这种智慧上的弱点，这种自我评判的耻辱，似乎使她显得更加渺小。

所以斯特瑞瑟也失去了他们。正如他所说：“我失去了一切，这就是我唯一的逻辑。”并不是说他们假装转头没看见他，而是他独自前行，没有理会他们。本来是他们向他展现巴黎，现在变成了他来展现，前提是他们还能感知得到的话，因为这是他们自己无法察觉到的美好，他的想象力比他们的青春年少更有精神价值。沙漏的模式由此形成，他和查德互换了位置，这个过程比塞伊斯和帕普努塞更为微妙，云层中的光线不是来自光线充足的亚历山大，而是来自那块浑然一体的宝石，“它闪烁着、颤抖着，融为一体，前一刻似乎全部浮出水面，下一刻又似乎全部深入水下”。

《使节》身上洋溢出的美感是一位优秀艺术家辛勤工作的回报。詹姆斯清楚地知道自己想要什么，他追求的是一条狭窄的审美道路，他也获得了可能达成的最杰出的成就。他的这种模式展现出的调和与内涵是阿纳托尔·法朗士做不到的。可他又付出了多么大的牺牲！

如此巨大的牺牲，使得许多读者无法对詹姆斯产生兴趣，尽管他们可以理解詹姆斯的语言（他笔风的艰深晦涩被夸大了），并可以欣赏他营造出的效果。但读者无法承认他的创作前提，即在他为我们写小说之前，人类生活的大部分内容都必须被摒弃。

首先，他小说里的人物类型非常有限。上文已经提到两种：试图影响行动的观察者，以及二流角色局外人（例如《梅茜的世界》的精彩开场任务就交给了他们）。然后是富有同情心的绿叶人物，这些人物十分活跃，一般是女性，比如《使节》当中的玛利亚·高斯特里。还有就是杰出又稀少的女主人公形象，德维奥内夫人就几近这种形象，《鸽子的翅膀》中的米莉则是完美代表。有时还会出现反派，有时则会出现本性慷慨的年轻艺术家。这差不多就是他的所有人物类型了。作为一名如此优秀的小说家，如此寥寥几种人物类型实在显得捉襟见肘。

其次，除了人物类型数量少，人物也都是用非常有限的线条构成的。他们无法享乐，没有敏捷的动作，没有肉欲，十有八九都缺乏英雄气概。他们从来不脱衣服，毁掉他们的疾病是匿名的，就像他们的收入来源一样，他们的仆人都不会说话，要么就和他们自己相差无几。我们所熟知的社会法则在他们身上全不奏效，因为他们的世界里没有愚蠢的人，没有语言障碍，也没有穷人，甚至他们的感知能力也很有限。他们可以登陆欧洲，观看艺术作品，互相欣赏，但仅此而已。这些残缺的生物只有在亨利·詹姆斯的书页之中才有生命——残缺但独特。它们让人想起了阿赫那顿[1]统治时期，埃及艺术中出现的那些精致又畸形的形象——脑袋硕大却腿脚细弱，但仍然迷人。等到改朝换代，这种形象又消失不见。

其实，这种对人物类型的数量及其属性的大幅削减都是为了构建模式。詹姆斯创作的时间越长，他就越相信小说应该是一个整体，不一定像《使节》那样，是明显的几何图形，但它应该围绕单一的主题、情境、姿态，这些主题、情境和姿态应该占据人物的全部，并产生情节，而且应该从外部将小说固定起来，将其分散的叙述用一张大网捕捞起来，使它们像行星一样凝聚在一起，围绕着记忆的天空有序公转。小说必须形成一种模式，从模式中产生的任何分支都必须作为干扰而被删除。可还有什么能像人类一样混乱？把汤姆·琼斯或爱玛甚至卡苏本[2]先生放进亨利·詹姆斯的书中，这本书转眼间就会烧成灰

---

① 阿赫那顿（Akhnaten）：公元前14世纪中期古埃及的一位法老。

② 乔治·艾略特作品《米德尔马契》（*Middlemarch*）中的人物。

烬，而把这几位人物放进彼此的书中，只会引起局部起火而已。亨利·詹姆斯的人物只能放进他自己的小说中，虽然他们还不至于失去生机，可他们已经被剥夺了其他书中的角色以及我们自己身上的普通材料。这种阉割不符合天国的利益，小说中没有哲学，没有宗教（除了偶尔的一点迷信），没有预言，更没有超乎常人的诉求。这是为了获得一种特殊的审美效果，目的当然是达到了，但代价无比沉重。

对于这一点，赫伯特·乔治·威尔斯的看法很有意思，或许还称得上很深刻。在《恩典》这部他最生动的作品中，想必他脑海里一直想着亨利·詹姆斯，所以对他进行了一次精彩的戏仿。

詹姆斯一开始就想当然地认为，小说是一件艺术作品，必须以其完整性来评判。其实他这个想法一开始就是从别人口中听来的，但他自己并未意识到。他总是后知后觉。他甚至都不想找出真相。他很容易就接受一个观点，然后进行阐述……他的小说中仅存的具有人性特征的动机是某种贪婪和完全肤浅的好奇心……他的人物不断嗅出疑点，暗示一个又一个，情节一环扣一环。哪有大活人整天这么干的？他的小说所讲的主题一直是明摆着的。这就像一座灯火辉煌的教堂，没有会众来分散你的注意力，所有的光线都集中在高高的祭坛上。而在祭坛上，虔诚恭敬地摆放着一只死去的小猫、一个蛋壳、一根绳子……就像他的《死亡祭坛》①，和死者半点关系没有……因为如果有关系，那它们就不仅仅都是蜡烛了，想要营造的效果也泡汤了。

威尔斯把《恩典》作为礼物送给了詹姆斯，显然他认为这位大师会像自己一样对他的热情和诚实感到高兴。可大师一点也不高兴，于是两人之间展开了一段十分有意思的笔战。随着事态的发展，这两位优秀的作家都越发坚持自我。詹姆斯彬彬有礼又念旧情，后来变得困惑不解、气

① 亨利·詹姆斯创作的短篇小说。

势汹汹，他说这一戏仿并没有“让他充满赞同的喜悦”，最后表示遗憾，信上只能署名“您忠实的，亨利·詹姆斯”。威尔斯也感到困惑，但方式不同，他不理解詹姆斯为什么会生气。并且，这段往事除了是两人之间的小闹剧外，其实还具有深远的文学意义。这是一个关乎刻板模式的问题：沙漏或链条，大教堂的那种海纳百川汇聚一线，或是凯瑟琳车轮向外发散的线条，抑或普洛克路斯忒斯之床[①]，无论什么形象，只要它意味着统一就行。但它能与生活所提供的丰富材料相结合吗？威尔斯和詹姆斯都同意这不可能，威尔斯会接着说，生活应该被给予优先权，不能为了迁就模式而被削减或膨胀。我自己的意见与威尔斯类似。詹姆斯的小说是独特的财富，如果读者无法接受他的创作前提，的确会错失一些珍贵而高雅的感受。但他的小说他自己写就够了，不要

---

① 普洛克路斯忒斯（Procrustes）是古希腊神话中的一个强盗，普洛克路斯忒斯之床（Procrustean bed）按其形象意义，意指“削足适履”“截趾穿鞋”之类的“强求一律”的说法。

再有作家延续这种风格，正如我不希望阿赫那顿的艺术延续到图坦卡蒙[①]统治时期一样。

这也是模式清晰的缺点。它可能会使氛围从情节中自然产生，但对生活大门紧闭，导致小说家通常只能在客厅里向壁虚构。美感是有了，但表现得过于霸道。在戏剧中，比如在拉辛的戏剧中，美如此霸道倒也不失道理，因为美可以成为舞台上的伟大皇后，就算失去那些熟知的男性人物也无所谓。但在小说中，她权力越大，越是霸道，反而变得越发渺小狭隘，并产生遗憾，有时会以《恩典》这类书的形式出现。换言之，小说并不适用于戏剧那样的艺术展开方式：它包含的人性和材料的庞杂阻碍了它（或者换成你喜欢的任何说法）。对大多数小说读者来说，模式给他们带来的美感不够强烈，不足以抵消为此所付出的代价，结论就是“美是美了，但不值得”。

但这还不是我们讨论的重点。我们并不会放

---

① 图坦卡蒙（Tutankhamun）：公元前14世纪古埃及的一位法老，据传是阿赫那顿的儿子。

弃追求美的希望。除了模式，不能通过其他方法将美感引入小说吗？让我们心怀不安地聊聊“节奏”这个概念吧。

节奏有时很容易掌握。例如，贝多芬的《第五交响曲》以“嘀嘀嘀——嗒”的节奏开始，我们谁都听得出来，也打得出这个拍子。可交响乐作为整体来看也有一种节奏，而这主要是由于其乐章之间的关系。有些人可以听得出来，但谁也打不出这种拍子。第二种节奏就很难掌握了，本质上是否与第一种节奏基本相同，只有音乐家才能告诉我们。不过引用到文学讨论上，第一种节奏“嘀嘀嘀——嗒”可以在某些小说中找到，并且可能给它们带来美感。而另一种节奏很难掌握，比如第五交响曲的整体节奏，在任何小说中，我都举不出实例，但它的确可能存在。

马塞尔·普鲁斯特的作品[①]就能够体现简单

---

① 《追忆逝水年华》前三部英文版已由纽约的Albert & Charles Boni出版社出版，书名为*Remembrance of Things Past*，译者C.K.司各特·蒙克里夫，译文极为出色。——原注

意义上的节奏。

普鲁斯特的完结篇还没有出版，他的崇拜者们说，一旦这部作品问世，一切都将归于其位，失去的时间会被找回并弥补，我们将得到完美无缺的整体。我可不信这套说辞。在我看来，这部作品似乎是一部进步的作品，而不是美学的体现，对阿尔贝丁的不断阐释已经令作者感到厌倦了。后头可能会出现一些新东西，可我实在不相信会改变我们对整本书的看法。这本书十分混乱，结构也不合理，它没有也不会有完整的形状。它之所以能呈现为一个整体，全仰仗它内部的缝缝补补，因为它有节奏感。

我能举出不少例子（为祖母拍照就是其中之一），但从缝补的角度来看，最重要的是他在文特伊音乐中使用了“小短句”。比起接连毁掉了主人公斯旺和查鲁斯的嫉妒，这种“小短句”更能让我们感觉自己处于一个同质的世界。我们第一次听到文特伊的名字是在丑恶的情境之下。这位音乐家已经去世——终其一生都只是一位默默无闻的乡村管风琴手，而他的女儿还在玷污他的名声。这一情境还将向几个不同的方向发展，不过读过也就读过了，我们不会留下太深的印象。

然后我们来到一场巴黎的沙龙。沙龙上演奏了一首小提琴奏鸣曲，行板上的一个小短句吸引了斯旺，并悄悄进入了他的生活。它总像是一个有生命的存在，但出现的形式各不相同。它一度与对奥德特的爱息息相关。后来感情出了问题，这个小短句也就被遗忘了，我们也想不起来它的存在了。然后，当他被嫉妒所折磨时，它再次登场，同时伴随着他的痛苦和过去的幸福，而又没有失去它自己的神性。谁写了这首奏鸣曲？斯旺听闻这是文特伊的作品后说：“我曾经认识一个叫这个名字的可怜小风琴手，但肯定不是他写的。”然而，这偏偏是他写的，文特伊的女儿和她的朋友将它改编并发表了。

似乎仅此而已了。这个小短句一次又一次地在书中出现，但仅仅是一段回声、一种记忆而已。我们乐于和它相遇，但它没有缝补的力量。

然后，几百页翻过去了，文特伊已经成为国宝级人物，有人说要在他穷困愁苦、默默无闻过了一辈子的小镇上为他树立一座雕像时，他的另一部遗作上演了，那是一部六重奏。主人公去听了这部作品，发现自己身处一个未知而可怕的宇宙，预示不详的曙光染红了大海。突然间，对他和读者来说都很意外，奏鸣曲中的那个小短句再次出现——听不真切，似乎有所改动，但完全为他指明了方向，于是他得以重返孩提时代的乡村，并了然一切都属于虚无。

我们无须刻意认同普鲁斯特对音乐的具象描述（以我自己的品位来看，觉得其太具象化了），但我们不得不钦佩他在文学中对节奏的运用，以及他对某种本质上与音乐所产生的效果相似的东西的运用——乐句。这段乐句被各类人听过，首先是斯旺，然后是主人公，而文特伊的这段乐句并没有被束缚于一时一地。这不是乔治·梅雷迪思笔下的那种标识，比如用一棵重瓣樱桃树来陪伴克拉拉·米德尔顿，或是塞西莉亚·哈尔克特在平静的水域上驾驶的游艇。标识只能反复出现，但节奏可以不断发展，这个小短句有了自己的生命，已经脱离了创作者和倾听者的束缚。它几乎算得上书中的人物了，但并不完全是，“不完全”之处在于普鲁斯特已经凭借它将小说内部缝补起来，它有了塑造美感并占据读者记忆的超凡能量。从一开始卑微的出身到奏鸣曲，再到六重奏，有时这个小短句对读者来说意味着一切。有时它又毫无意义，被抛到九霄云外。在我看来，这就是小说中节奏的作用。它不像模式那般无处不在，而是通过它有趣的跌宕起伏，让我们感到惊喜、新鲜和希望。

可如果处理不当，节奏又成了最无聊的产物，它会变成僵硬的符号，非但不能带着我们前行，反而会拖慢我们的脚步。我们愤怒地发现，高尔斯华绥的猎犬约翰，或是其他什么，又躺在了我们脚下，甚至梅雷迪思的樱桃树和游艇虽然优雅，但也只是颇具诗意的装饰而已。对于事先规划小说的作家能否做到这一点，我深表怀疑，要达到这种效果，全靠达到合适的音程时的灵感迸发。但最终效果一定十分精妙，又无须破坏人物形象，并且降低了我们对外部形式的要求。

关于小说中的简单节奏这一主题，这么说就够了：它可以被定义为“重复加上变化”，并且可以举例说明。现在我们面临的是难以掌握的节奏。小说中是否有任何效果可以与《第五交响曲》的整体效果相媲美？当管弦乐队停止演奏时，我们能否听到一些从未真正演奏过的弦外音？开场乐章、行板，以及组成第三乐章的“三重奏谐谑曲—三重奏终曲—三重奏终曲”全部在耳边响起，并彼此延伸组成一个共同的实体。这个共同的实体，这个新的东西，就是交响乐的整体，它主要（虽然不是完全）是通过管弦乐队演奏的三大音块之间的关系实现的。我把这种关系称为“韵律”。可能准确的音乐术语不是这个，但没关系。现在我们要问自己的是，小说中是否有类似的东西？

至少我未曾见过。诚然，或许它真的存在。

在音乐中，小说往往能够找到最相近的参照物。

戏剧的立场则全然不同。戏剧可能会在绘画艺术中寻找参照物，它可能允许亚里士多德对其进行约束，因为它并没有那么深刻地与人类的主张相连。小说则片刻也离不开人。人们对小说家说："你大可以让我们乔装打扮，面目一新，但我们一定要出现。"正如我们一直以来所讨论的，小说家的麻烦就在于不仅要好好展现他们，还得达成一些额外的成就。小说家该面朝哪个方向？他也不需要切实的帮助，只要能找到参照物就够了。虽然音乐不展现人类，被复杂的条条框框所制约，但最终的确能表现出美感，为小说实现自己的美感提供了参照。"扩展"——这是小说家必须坚持的想法，而不是"完成"。不能但求自满，要开放发展。当交响乐曲完毕，我们会觉得组成它的音符和曲调得到了解放，他们在整体节奏中找到了自己的自由。小说不能如此吗？在《战争与和平》中，是不是已经有些许端倪？我们是以这部宏伟巨著起头，看样子也要以它结尾了。这部作品真是包罗万象。然而，当我们阅读这部小说时，身后是不是已经响起波澜壮阔的和弦？而当读完它之后，是不是书里的大小事项——甚至包括战略论述——都指向了比它们当下更加伟大的存在？

九、结语

以猜测小说未来走向作为结尾，这个想法让我很难拒绝。小说是否会变得越来越现实，是否会因电影的出现而灭绝？诸如此类。而猜测，无论是积极的，还是消极的，总有些假大空的意味，多少能帮上点忙，也能给人留下深刻印象。但我们无福消受。我们拒绝被过去所阻碍，因此我们也不能从未来中获利。我们想象了过去两百年的小说家们在同一个房间里共同写作，受到同样的情感之影响，将他们时代的成就置于灵感的熔炉中，无论结果如何，这种方法对于我们这样的伪学者来说都是合理的。可这样一来，如果要预测未来，我们也得把未来两百年的小说家放到同一间房间里。他们所写的主题将产生巨大的变化，他们自己却没有进步。或许我们能掌握原子，能登陆月球，能废除或加强战争，甚至能理解动物的心理过程。但是，所有这些都是鸡毛蒜皮的小事，它们属于历史，而不是艺术。历史在发展，艺术却停滞不前。未来的小说家将不得不绞尽脑汁地以旧识讲新知。

然而，有一个问题与我们的主题联系紧密，且只有心理学家才知道其答案，但我们不妨将问题大胆提出来：创作过程本身会改变吗？镜子会镀一层新的水银吗？换言之，人性会改变吗？让我们暂时考虑一下这种可能性——我们也该放松放松了。

老年人对这个话题的观点很有意思。有时一个人用自信的语气说："人类的本性在各个时代都是一样的。原始的穴居人深深地扎根于我们所有人的内心。文明？呸！只是个幌子罢了。你不能改变事实。”这是他指点江山、意气风发的样子。可当他感到沮丧，被年轻人弄得整天唉声叹气、多愁善感，认为自己失败了，年轻人反而能成功时，那么他就会持相反的观点，神神秘秘地说：“人性已经变了。我活了大半辈子，人性已经大不如前了。你必须面对事实。”总之就是如此，一会儿改变事实，一会儿又拒绝改变事实。

而我只是想陈述一种可能性。如果人类的本性真的改变了，那也是因为人们开始以新的方式看待自己。总有人想这么做，这种人不多，但小说家人数占比不少。每一位制度的制定者和既得利益者肯定都反对这样的探索。宗教组织、国家和处于经济方面考虑的家庭，在里头都没什么油水可捞，而只有当外在的限制被削弱时，它才能继续下去。历史在一定程度上限制了它。也许这些探索者会失败，也许用于探索的工具不可能探索自我，如果可能的话，也许这就意味着想象文学的终结——如果我理解得没错，这就是那位敏锐的探索者I.A.理查兹先生的观点。无论如何，这种探索将给小说带来运动甚至爆炸性的发展，因为如果小说家以不同的方式看待自己，他也将以不同的方式看待自己的角色，一种全新的揭示人性的系统将应运而生。

我不知道上述言论是否类似哪种哲学或哪些对立哲学，但当我反观自己肚子里的那点墨水并审视自己的内心时，我看到了人类心灵的两种运动：一种是历史，波澜壮阔、气吞山河，可又单调乏味；另外一种则小心翼翼，只能像螃蟹一般在路边行走。在本系列讲座中，这两种运动都被忽视了——不提历史，是因为它只是一列满载乘客的火车；不提螃蟹走路，是因为它走得太慢、太谨慎，在我们设定的两百年短暂时期内影响甚微。因此，当我们一开始拟定人性是不可改变的，并因此产生一系列有一定长度的虚构散文，将这些包含五万字或更多字的虚构散文称之为小说时，我们相当于定下了一个公理。如果我们有能力或有权力，去放开视野做更广泛的观察，遍览所有人类和人类出现之前的活动，我们可能不会得出这样的结论。不管是螃蟹走路，还是列车飞驰，也许我们都看得真切了，而“小说的发展”这句话可能不再是一个伪学术标签或一个技巧上的小细节，而是变得重要起来，因为它意味着人性的发展。